U0067921

意外的緣

明士心、六色羽、宛若花開　合著

天空數位圖書出版

目錄

意外的缘

文：明士心

　　我的名字叫馮國明，來自桃園，母親說我出生那年，台灣發生了很多大事，美國宣布與中華人民共和國建交，桃園中正國際機場啟用，高雄市爆發美麗島事件，算是一個風起雲湧的時代。偏偏，我壓根兒沒有任何記憶，那些大事件都是我在書本中讀到的。

　　周星馳說，人生沒有夢想跟鹹魚沒兩樣，但我的人生實在沒有大夢想，甚至忘記了小學作文《我的志願》寫了甚麼。或許，國中和高中走了狗屎運，我拿過一些中文作文的獎項，最終進入了台大中文系，倒沒想過要成為作家。

　　畢業後，我便投身進出口業務，只求一份安穩的工作，目前是業務經理，年薪二百萬新台幣，生活營營役役，一輩子從沒有交過女朋友，一直都是單狗的狀態。

　　「國明，你多久沒寫作？」某日下午，老陳煞有介事地問我。

　　光頭老陳是同事，也是金石之交，比我年輕五歲，並肩作戰超過十載，對我的過去瞭若指掌。與我不同的是，他出來社會不久就成家立室，國中的女兒都亭亭玉立。

　　「什麼？為何問這個？」我有點不知所措，很努力也想不起來。

「唉，以前你不是高材生、大文豪嗎？哈哈！」老陳開玩笑地問。

「嗯，臉書的文字算不算，離開大學之後，我似乎沒再寫過甚麼。」

「你看現在賺很多的網紅，經常想寫文章，卻寫不出甚麼好東西，但你有寫作天賦卻不寫，難道不是很浪費嗎？」

我沒有再跟他爭辯，應該說，我不知道如何回應他。

但，那天晚上，心血來潮，我在抽屜翻出老師贈送的寫作獎禮物——派克鋼筆，嘗試斷斷續續的碎片式寫作。

星期一下班，夜幕低垂，我如常走在台北街頭，經過熟悉的小店，行人不算多，但風刮得很狂，於是由忠孝東路拐進小路，走過誠安公園後，遠處望見一個衣衫襤褸、蓬頭垢面的小伙子在擺賣，十年來還是頭一次遇上他。

好奇之下，我走近一點看個究竟，原來賣的是破舊的武俠小說，而且還有我曾經找了很久的絕版書《神鵰俠侶》，心中暗喜，「情之為物，本是如此，入口甘甜，回味苦澀，而且遍身是刺，你就算小心萬分，也不免為其所傷」，情不自禁碎碎唸著當中金句。

「小子，這些書從哪裡得來？」

「不用你管，要或不要？」他的口氣有點囂張，奇怪地我不太反感。

「要，順道也要全套《鴛鴦刀》和《連城訣》，那麼重，會送貨嗎？」我反問他。

「每套一萬，總計三萬，只收現金，現在你有現金的話，絕對可以馬上送貨。」他每句話都很短，似乎不想說得太多。

「沒問題，成交吧！」

「地址是？」

「其實，我剛剛下班，肚子有點餓，打算吃過晚飯再回家，」頓一頓，我帶著邀請的語氣對他說：「反正你的書我都買完了，要不一起吃東西，你再送來我家吧。」

「也可以。」

他爽快的答應，也是意料之外。

他用熟練的技術把書裝箱後，點頭微笑，示意可以離開，然後，我倆走到附近的一家日本料理用餐，生魚片和壽司擺滿整張桌子。

「小伙子，隨便吃，不用客氣，我找了這些書很多年，今日終於給我找到，賞面的話這一餐就由我作東吧！」我的話沒說完，他已經起筷了。

他的話依然不多，顯得有點靦覥，但也簡單交代了自己的身世。

原來，他今年十八歲，父母早已離世，自六歲就由叔叔撫養成人，最近兩人多次吵架，這小子居然離家出走，但始終沒交代這些絕版書的來歷。

「嗯，恕我多管閒事，你現在身無分文，就靠三萬元能撐多久？」

他沒哼一聲，連喝了三杯清酒。

我感覺氣氛不對勁，嘗試轉移話題，與他談起金庸的小說：「你看過你賣的小說？」

「你說金庸？兩年前，我已經看完他的武俠小說了，很喜歡《鴛鴦刀》的蕭中慧，最近翻看了老電影《神經大俠》，女主角是惠英紅，編劇更是倪匡！」這是我們認識之後，他說過最長的一句話，加上酒精的助力，我倆開始高談闊論，一直由武俠世界談到世代矛盾。

餐館打烊，我結帳後好奇地問：「今晚你打算去朋友家過夜嗎？」

「目前為止，你是第一個知道我離家出走的人。」他面紅耳赤地答。

這時候，我覺得他有點可愛、嬌柔，心忖一定是酒精亂性，即使我支持同性婚姻，但從來沒懷疑過自己的性取向。

「不介意的話，你可以來我家睡一夜，總好過現在才找飯店，反正還有一間客房。」我是個慢熱的中年男人，平日很難在短時間內對素不相識的陌生人打開心扉，這是第一次，也可能是最後一次，「你想繼續喝的話，也可喝我家的紅酒！」

「方便的話，那就恭敬不如從命。」他突然改用武俠腔說話。

我倆回到家時，牆上的時鐘已經跨過了十一點，屋內的東西跟我出去上班時一模一樣，看來今日母親並沒從桃園過來，我也放下了心頭大石，免得費一番唇舌解釋這小子的來歷。

他在玄關脫下運動鞋和襪子後，把整箱書放在餐桌旁，便上廁所去。雖然這小子穿起窄身牛仔褲和鬆身上衣，但走路的姿態卻與一般男生不一樣，手指和腳趾也份外幼長。

「哈哈，一直忘了問你叫甚麼名字，我叫國明。」當他從廁所出來後，我一邊開紅酒，一邊隨意問他。

「我叫郭靖，爸爸改的，他是金庸鐵粉，所以改了這名字。」

「這名字好啊！郭大俠，怪不得你也愛讀金庸。」

「算是，也算不是，他在生時，我們沒討論過金庸的小說，但家中就有留下他的藏品。」他把背包和戒心一併放下了，淡淡地回憶往事，「叔叔是會計師，對數字敏感，但見文字就會頭暈。」

「所以，父母在你記憶中已慢慢變得模糊？」我問。

「樣子是不會忘記的，但親子時光真的越來越記不起，不開心的時候，我會翻開武俠小說，找到大俠在練成絕世武功前歷盡艱苦的情節一路看下去，很治癒。」他喝一口紅酒再說：「至少跟現實世界不同，該死的都會死去，難過的是，金庸叔叔也會讓不該死也死去。」

就這樣，我們一邊喝紅酒，一邊天南地北，風馬牛無所不談，最後一次看大鐘，時針已擺過了兩點。

「我有點累了，想睡了，哪間是客房？」他慢吞吞的問。

「前面轉左，你先進去，我去小解，然後拿被子給你。」

「好、好吧。」

不消一分鐘，看樣子，他睡著了，只是把右邊當成左邊，拐進了主人房，我也不忍心喚醒他，反正大家都是哥們，不必太拘謹就是了。

轉念，我受不了髒髒的身體，還是要堅持先洗澡再上床。

回到睡房，我的意識已經變得模糊，仍然習慣性地打開電視機，第一次聽到美女主播說網上流傳大陸集體感染甚麼「武漢肺炎」，官方聲稱一切仍然處於可控狀態。

「究竟是哪來的新病毒？我只聽過武漢推車，不是，老漢推車才對，哈哈！」酒醉時我習慣自說自話。

轉眼望向這小子，滿臉通紅，輪廓精緻，嘴唇半開，微微側頭，睡得很甜。

我並沒有想太多便沉睡了，便一起睡了，雖然他還有點氣味。

星期二早上，鬧鐘準時響起，小子還在熟睡，我刻意沒拉開窗簾，避免陽光射進暗暗的睡房，動作靈巧地跳出被窩，秒速梳洗，帶著忐忑的心情上班。

回到公司，老陳一見面就問我：「有酒氣，昨天跑到哪店喝酒？」

我沒好氣答他，隔兩三分鐘才回過神來：「喝了點，但沒醉。對了，你相信一見如故的莫逆之交嗎？」

「別胡扯，單身的你居然相信會在酒吧認識到童顏巨胸的莫逆之交……你一定喝得太多，胡思亂想。」老陳是好好先生，十年來滴酒不沾，也不相信我會在歡場邂逅到真愛。

「我一向對談戀愛沒有什麼興趣，因為實在太煩了，更不相信在夜店可以找到真愛，所以，這一次你錯了，昨晚我沒去酒吧。」對話未結束，老陳桌上的電話響起，我也沒心思說下去。

我沒有存下小子的行動電話號碼，又不擔心家裡會被他洗劫，反正沒有多少貴重物品，只是擔心他不知道泡麵放在哪兒。

下班前，腦海忽爾湧起了曾幾何時讀過張大春的短文，感興大發，我把其中一段話抄了下來，或許是寫小說的重要靈感。

「我從小到大所有的夢都存放在我後腦的第三個儲藏室裡，和這些夢放在一起的大都是些別人不知道、不同意、不承認，或者不相信的事物。比方說，我的幼稚園男老師教我把小雞雞給他看、巷口雜貨店老闆娘身上冒出藍色的火花把她燒光了，還有一個長得和崔苔菁一模一樣的女人穿過磚牆抱走我的小貓等等。每當我把這些事告訴別人的時候，對方都會說「你在做夢。」或者「你又在做夢了。」於是我把這些事和所有的夢放在一起。

這是來自《公寓導遊》的《旁白者》。

　　距離下班時間還有十五分鐘，不知何故，歸心似箭，我提早離開公司，用飛毛腿的速度跑到捷運站，晚飯都沒吃便乘車回家。

　　乘電梯時，我看看手錶，發覺比平日早了大半個小時到家。步出電梯，我推開了大門，驚覺原本已算整潔的公寓，變得一塵不染，儼如剛剛入伙的新居一樣，昨日買的武俠小說也整齊地擺放在玻璃書櫃內，連雪櫃上面也抹得乾乾淨淨，一時間驚呆得講不出聲。

　　我深知一定不是母親大人來訪，因為她每次打掃之後，百分百會打電話給我訓斥一番，這時候我不禁心忖：「難道，會是他幹的好事？」

　　「小子，你還在嗎？」那刻，我忘了他的名字，只聽見浴室傳來蓮蓬頭的聲音。

　　「我回來了，有人在嗎？」我提高聲量再問一次。

　　半晌，花灑聲戛然停止，空氣凝固了，從浴室步出來的他，還是……她。一個美得不可方物的青春少艾站在我眼前。郭靖用浴巾包裹著皙白的胴體走出來，這次我絕對沒有眼花，頓時不懂如何反應。

　　「不好意思。」她害羞地從我身旁走進睡房。

「他」居然是個女生，昨夜我倆還同睡一床，我的媽，好亂呀。

「為甚麼……」眼前的一切令人目瞪口呆，我實在無語，很想說甚麼，又不知道能說甚麼，「你居然是個女生？」

「嘿嘿！我說過自己是男生嗎？莫非你覺得『郭靖』一定是個男生？當年丘處機為郭嘯天的兒子命名時，這名字是男女也可使用啊！」或許是錯覺，她展露真正身分後，說話也變得溫柔，「多年來，父親和叔叔都讓我穿上男性化的裝扮，加上我又是短頭髮，昨夜更加不修邊幅，你才誤會我吧？」

她穿上我的短褲，明顯衣不稱身，但逆天美腿表露無遺，上身的小背心也穿得有點寬身，胸脯也隱隱現出，身材標準。即便她只上了淡淡的妝容，也肯定是純天然的小美人，更勝大部分所謂的網紅。

「哈哈。」雖然回到家只是一分鐘，但好像度過了一句鐘，我終於回過神來，嘗試為尷尬的氣氛解圍：「孤男寡女共處一室，女的很容易會有損失，你沒聽過嗎？」

「沒有耶。」她看都沒看我一眼，逕自走到開放式廚房準備晚餐，烹飪技術出人意料地純熟。

不消半小時，簡簡單單的三菜一湯便端到飯桌上，色香味俱全，她的表情認真而從容。

「大叔，嚐嚐怎麼樣？」她露出少女的笑容。

「好吃、都好吃，你的煮菜技術是完全看不出來，達到高級飯店的水平。」聽到我的正評，她有點不好意思。

「那就多吃點。對了，你很少談到你的工作。」她邊吃邊問。

「我的職業很無聊，沒有華山論劍的劇情，不值一提的，來到我的職位，高不成、低不就，就是百無聊賴。」我很想轟然大笑，人活到中年，很久沒聽過身邊人會關心我的工作，但飯菜太美味了，不想這樣破壞這種舒服的氣氛，「就是做進出口，做貿易，談生意。」

這輩子除了母親之外，從沒有女生煮過一餐飯給我吃。

「大叔，你相信愛情嗎？」她沒待我回答，便一路說下去，「聽說，世界上最聰明的動物是有愛情的，相愛的海豚會發出一種特殊聲波，談情說愛，而且不分年紀，完全違反了動物本能。」

「啊，甚麼意思？」我停止了咀嚼，問她。

「就是『違反了動物本能』的意思，動物為了繁殖下一代，雄性或雌性都會傾向選擇年青力壯的配偶，唯獨海豚卻會出現

忘年戀，不管是大年紀的雄性或雌性，說明這就是真愛呀！」她一本正經的說。

我笑得腰也彎了，久久才吐出下句話，「會不會是海豚世界的毒男毒女？又或者，牠們是把不到妹的可憐蟲？哈哈。」

「哼！」她酷酷地把湯一喝而盡，把視線移開，注視著電視的新聞報道。

晚飯後，我們又開了一瓶紅酒，播放著 Billie Holiday 的爵士樂，一起聊人生、聊小說、聊政治，話題總是談不完。

「十二點多，今天早點睡覺吧，我去客房睡就好了。」

「客房的被子已經洗了。沒關係的，昨天不是也睡在一起嗎？」她�‎著嘴說。

「哈，連被子也洗了，你的戰鬥力很厲害耶。」我只是故作鎮定，根本沒留意嘴巴說了甚麼，內心已經七上八落。

當我洗完澡回到睡房時，郭靖已經睡得很沉，我躺上床，明明累極，卻是輾轉反側。突然，她一個大轉身，天真的臉龐朝向我，噴出帶著紅酒味的氣息，煞是誘惑，令我的那話兒開始異動。

「別想了，早點睡。」我打開了電視，忘記了何時睡著。

　　兩個星期轉眼即逝，郭靖仍然待在我家，也沒再提起她的叔叔，總之，每日她會為我準備早餐和晚餐，也會勤快地打掃公寓，下午則到附近的咖啡店打工。巧合地，母親到了美國探望弟弟，這個月都沒來我家。

　　「最近你春風滿面，是不是找到女友？」老陳某天早上忽然問。

　　「沒有耶，我只想專心工作。」我隨便打發了他，不想提起家中那個她。

　　這段時間，每晚我倆都睡在同一張床上，卻沒有打破「色戒」，甚至沒有吻過、抱過。我承認很想跟她再進一步，也很努力壓抑這種非分之思，畢竟她只是二十一歲的小女生。

　　我倆每次外出都像明星一樣戴上口罩，令我不用承受不必要的奇異眼光，始終一個中年男人與妙齡少女雙雙外出，難免會惹來閒言閒語。

　　坦白說，我倆相處得很舒坦自在，擁有一種前所未有的戀愛感覺，即便她會叫我「大叔」，我會稱呼她做「小子」。某日，我們在虎頭山公園郊遊時，她的滑溜小手主動牽上我的粗糙大手，我也大大力的握著她。

　　日落黃昏下，夕陽染天紅，風光很美，我卻大煞風景忍不住問：「你不介意我比你大那麼多嗎？」

她甜甜地笑著說：「你又不介意我比你小那麼多嗎？」

我們愛得很甜蜜，所有情侶會做的事情都做過，非常難忘，感覺與別不同。

世事可有完美？假如你不想讀下去，就在這兒止住，別往下看好了。因為我記得算命先生說我會孤獨終老，遇上她之前，就打算養一頭壽命幾十年的烏龜伴我終老。

沒有人可以預測未來的事，也沒有人可以保證任何事情，從來沒有嘗試過戀愛的馮國明，這次也受不了這熱情如火的小美人，為他黑白的世界加添了色彩，未來會是怎樣？誰知道……

-完-

意外的缘

以何種方式愛上你

文：六色羽

第一章　公車上的她

「你覺得，我們會永遠在一起、走完一生一世嗎？」

尚昊睨著她，卻答不出來，因為，他無法給她一個他自己也不知道的答案。

女孩失望的垂下了頭，神色黯然，尚昊偌大的手霍然握住她的，她訝異的抬頭睨著他。

尚昊嚴肅無比的說：「如果我們真的分手了，我會想辦法，重新再去愛上妳。」

女孩笑了，但那笑容卻在漸漸的模糊，然後越來越遠……

「尚昊起床，尚昊……你快趕不上公車了。」老媽用力的掀開尚昊的棉被。

尚昊睡眼惺忪的看了一眼鬧鐘，馬的，它又掛了！

尚昊自床上蹭起，衝到浴室隨便梳洗一下後，便匆匆忙忙的對著廚房的媽大喊：「媽我走了……」

媽媽緊跟著他跑出門口，責備的瞪了他一眼：「別說『我走了』，要說『我出門了』行嗎？」媽拉住他的臂膀，將早餐塞進他的懷裡。

尚昊回頭給了她一個百無禁忌的微笑，便踏著輕快的腳步走到家附近的車站，沒看到母親在他身後憂心忡忡的盯著他走遠的身影。

一對情侶一路上嬉鬧喧擾的自尚昊的面前走過去。

「誰叫你把我土司裡的蛋給蛇吞掉了？」一個女孩氣憤的搶走被她男朋友吃掉一大半的早餐，隨即掐著他的脖子，逼他把蛋給吐出來還她。

尚昊有些羨慕的盯著他們瞧，哀嘆自己都已是高二生了，成天除了課業之外，居然連個女朋友都沒交過。路過女孩打鬧的身影，卻又讓夢裡的那些話，跳出了腦海。

最近無緣由的老做那段重覆的夢，而且頻率越來越吃緊，老是害他睡過頭而差點錯過公車。難道他的愛情，就只發生在那場春夢之中？現實都遇不到了嗎？

他來到了公車站牌的對街，目光不住的停留在離公車站牌不遠的一處轉角上。半年前，那裡曾經發生過一場十分嚴重的酒駕車禍，每每將視線停留在那面別墅的牆面、或那人行道上，當時車禍血淋淋的景象，就會歷歷重現在尚昊的眼前。

尚昊連忙別開眼不想再回憶當時情景。

公車在他面前依啊的停了下來，車門打開後，尚昊輕快的上了車。

一如往常，這台公車的這一站是首發站，所以總是一個人都沒有，也是這個原因，尚昊才會選擇坐公車，而非由忙碌的母親接送。

但平常沒人的公車，今天卻有一個嬌小纖弱的身影，吸引了尚昊的注意力，是一個女生，坐在公車最後一排！她一雙明亮烏黑的大眼睛，也正毫不羞澀的直視著尚昊。

女孩五官清麗，絹秀的長髮高豎於後腦勺，看起來朝氣蓬勃，白白的皮膚，更讓她看起來嬌美可人。

尚昊這才意會到他們兩人正四目相交，他靦腆的低下頭掉開眼，走到他每天一慣坐的位置上。

拿出手機，和往常一樣將耳機塞進耳朵，手慵懶的抵在下巴上，躲在網路世界裡。

耳裡的音樂很潮流動聽、外面晨間的街頭也恬靜安寧，但他卻坐立難安，感覺身後好像有一道冷光，正肆無忌憚的直盯著他，盯得他背脊都發起了涼。

該不會是剛剛那個女生，還在他背後盯著他看吧？

最近好像沒有在學校得罪過什麼人？應該不是什麼仇家找上門來？

尚昊偷偷自窗戶玻璃上的反射瞟了她一眼，竟正好對上她盯著自己的眼睛！他吃了一大驚，連忙將眼睛掉開又看向窗外裝冷酷。

他雖然從沒有正式的戀愛經驗，但高大帥氣的他，也不乏收到女生時不時寫來的告白信，那個女生，該不會是愛上他了？

他的臉騰得一紅，有可能嗎？

應該是誤會，說不定只是因為這邊的窗外，有她感興趣或非注意不可的地方。

尚昊試著將注意力放到 FB 上，公車已陸陸續續擠上更多的學生，把那女生緊迫盯人的目光給遮住了，尚昊也就漸漸把那緊迫盯人的目光給忘了。

進了學校放下書包後，尚昊依學務處的指令，和三五好友一起走進大禮堂參加開學典禮。他們去的太早，禮堂裡還一團的混亂，正好讓好久不見的同學們，聚在一起打打鬧鬧。

「小昊昊暑假有沒有去哪裡玩？有沒有買歐密呀給(土產)給人家？」錯號小白的死黨，死皮賴臉的纏著大家討要紀念品。

「那你的紀念品呢？先拿你的來，再給你⋯」尚昊被他煩的伸長手也跟他要，反將他一軍。

小白瞬間勢利的凜起了表情，拍胸脯說：「沒有紀念品，只有命一條。」

這時，一支蔥白的手突然抓住了尚昊的手，所有人都詫異的看向那隻手的主人，一個塊頭很大、戴著眼鏡的女孩莫名的站在尚昊面前，尚昊一群人以前從未見過這個女同學。

這個全然陌生的女孩，隨即將尚昊的掌心給撐開，將一個東西塞到他的手裡，說：「這是一個女生託我拿給你的。」

尚昊快速的掃了一眼她胸前的學號，居然是一年級的新生！才剛入這所學校，人生地不熟的，就開始向男生告白了嗎？還真是前所未有犀利的學妹啊！

她說完，頭也不回的轉身就走。

「喂～是誰託付的？怎麼不說明白講清楚啊？」小白很不客氣的在那女生後面大喊，但她很快的就沒入人群中，不見人影。

「嘖！八婆，喜歡一個人就要講清楚嘛！扭扭捏捏的成何體統？」小白回到他們身旁，邊走嘴裡還邊碎碎唸。

阿成指著小白說：「白白，你講話口氣，怎麼越來越像你爺爺耶？」

「耶令老目啦……」小白氣得反駁，眾人吵鬧不休。

尚昊卻愣愣的望著手中那個月牙狀的銀色耳環發呆，神色一凜地嚴肅起來。

小白用力的拍了拍他的肩頭：「怎麼啦兄弟？怎麼會有女孩紙送你耳環吶？你又用不到，該不會是你辜負了人家，人家來索命或索情了？」

大家都用力拍了小白的頭對他白眼，其中一個慍慍的罵他：「你啊，狗嘴裡吐不出象牙，就少說兩句會死嗎？」

大家看著頓時變得木然的尚昊，他黯然的走回自己的坐位上。

來索命索情嗎？這個月牙耳環，是不是他在哪兒見過？他將它微微提起於掌心上發想。

或許是他多心了？這種月牙造型的耳飾，其實夜市或百貨公司等……幾乎都看得到，所以才會有似曾相識的感覺吧？

第二章　她的主動

天又亮了，一陣雞飛狗跳的梳洗工作後，尚昊又是匆匆出門。

「媽，我走……」媽媽責備的眼神向他瞟去，尚昊一頓，連忙改口：「媽，我出門了……」

尚昊不懂老媽幹嘛一直斟酌忌諱那些文字的用法，真是拖延他的時間，等會兒害他連公車都沒趕上。

當尚昊跑到公車站牌時，車子居然真的差點就要開走了，他及時跳上公車。吁了一口氣，真是千鈞一髮的有驚無險。

一屁股坐於平常坐的位置上，還在大口喘著氣，口乾舌燥，他拿出水猛的灌了起來，身旁卻突然有重重落下的感覺，一陣淡雅的芳香，也跟著罩來。

尚昊詫異無比的斜眼看著坐到他身邊的人，口中的水還因此不慎溢出，漏得他滿胸口都是。

咳咳咳……他被水嗆著，身子轉向窗戶邊一陣猛咳，自反射的玻璃窗上，看到了他身旁人的倒影，竟是昨天不斷盯著自己看的女生！

她膽子真是非同小可的大，今天居然大大方方的直接坐到他的身旁。

心中好像有小鹿在亂竄，他甚至於都可以聽到自己心臟怦怦怦地在狂跳，將近要跳出嘴巴長腳逃走了。

這女生真的好奇怪？滿車的位置她不坐，就偏要坐到他的身邊，這不是對他圖謀不軌是什麼？但他幹嘛要因此而坐立難安？連呼吸都感到困難了。

他慢慢的將身子坐正，偷偷的瞟了她一眼。

這傢伙！剛剛差點沒因她大膽的舉動被嗆死，她現在居然若無其事的自書包裡拿起一個平板，泰然若定的滑了起來。

　　雖然她嬌小玲瓏的身子幾乎完全縮在椅子的一旁，但他手長腳長的就怕一不小心觸碰到她的身體，髮香還陣陣的飄來，讓他每吸一口氣，鼻翼裡就充滿了她身上的味道，害得他情不自禁的把目光放到她雪白的頸子上，幾根柔軟的髮絲自然的散亂在那兒，好不愜意誘人。

　　我究竟在想啥？他駭然一驚的連忙掉開目光，怎麼覺得自己頓時成了公車上的變態！

　　暗暗自責了一聲，他怎麼樣都感到渾身不自在，身體都因此僵硬了起來，就怕侵犯到她。他幹嘛不跟她一樣若無其事的滑手機或看窗外的風景？但是腦子裡就是一片的混亂，好像有一根針，正插在他背上，現在他完全能體會芒刺在背是什麼滋味了？

　　斜視著窗外的風景一會兒後，視線最後還是又忍不住的落到她身上。

　　沒想到她正在平板上畫畫！而且還是漫畫。

　　她畫了一個女生坐在電腦前玩 FB，在 Messenger 上和網友聊得正開心，還互相約了時間要一起出去玩。

　　然後，她好像知道他已經看清楚了這幅畫了一樣，蔥白的手指一滑，畫面跳到了下一頁，一張好像用素鉛筆描繪下來的

海邊風景畫隨即跳了出來。畫中陽光普照，水天一色的湛藍，兩個男生和一個女生並肩站在海灘上看著大海。

整個畫面看起來好寧靜，想必她和那兩個男網友，是在一個大晴天的午後到達那裡，而且是去一個寥無人跡的海灘。

畫面不知不覺又被她往下跳一頁。

尚昊長眉不覺微蹙了起來，剛剛的寧靜，卻被這張有些詭異色彩的畫面給完全扭曲。

畫中場景轉移到海邊的洗手間，女生匆匆走進女洗手間，走動時，飛揚的長髮和半個身影，露在轉角處，吊詭的是，她兩個男的網友，竟也緊隨在她後面要進女廁所。

女孩的手一直若有所思的停在那個畫面上不動……

此時公車突然嘎的一聲，尚昊還未來得及反應，他身旁的女生倏地站了起來，他詫異無比的抬頭望著她，她卻開始跟著人潮下車，原來已經到了學校！

她和他同校！

「同學，你要不要下車？」司機回頭問尚昊，全車只剩下他是這所學校的學生還沒下車。

尚昊道了歉連忙匆匆衝下車。他覺得自己真是遲鈍，居然都沒發現女孩身上穿著和他同校的制服。

他在急急忙忙進校的人群中，忍不住引領找著她的身影，她究竟是哪一班的？但看了半天還是找不到她，她就好像下了公車就頓然消失的幽靈一樣，無影無蹤。

他黯然走回教室，腦袋不斷的思忖她為何要放平板裡的畫給他看？兩個男生最後真的跟著她走進廁所裡了嗎？

她怎麼可以那麼笨，隨便單獨和網友見面？還一次跟兩個陌生的男生！真是個大傻瓜。

尚昊一整天都變得心神不寧，一下課就往外跑，上課時魂魄也沒附體，彷彿還留在公車上看著最後的那張畫。

突然覺得手臂被一道硬物給戳得生疼，尚昊終於回神，愣愣的看著戳他的小白，他的臉不管何時看，都覺得一副獐頭鼠目的猥瑣。但這次他可是好心的對尚昊發出唭唭的警告聲：「喂，大哥，老師在叫你……罩子放亮一點。」

「吳尚昊，你還好吧？」講台上的老師對發呆的尚昊竟沒有一絲的責備，反而關心的詢問他。

「你是不是聽不懂？我的答案借你抄啦！」小白連忙把他的數學課本斜起一邊要解救尚昊，因為老師剛剛要他到黑板上去作答：「答案就是這樣，看懂了沒？」

小白身後男生敲了他的後腦勺罵道：「你別害他啦，你的答案能信嗎？」

「吳尚昊，這題你會做嗎？」老師睨著尚昊又問了一次，頓了一頓，他放棄了，於是將目光往其他同學身上掃去：「還是有誰會解這題？可自動上來算給大家看……」大家縮了起來。

尚昊態度嚴肅的突然說：「老師，那題我會解。」不由分說，他已經站起往黑板走去，這些題目對他來說一點也不陌生，他噠噠噠的揮動著粉筆作答。

就在他要落下最後的答案時，恍然一個畫面跳出他的腦海……

「不是告訴過妳不要抄別人的作業，那樣妳永遠都不會。這麼簡單的題目，妳也解不出來？」尚昊眉頭深鎖的問她。

她嘟著腮幫子、任性的拍桌子：「不會，怎樣？我抄別人的作業，到底是干你啥麼事？」

她繼續振筆疾抄，尚昊氣得將她手中的筆給搶了下來。

「叫妳別抄妳還抄。」他不只是虛張聲勢，還硬生生的將人家借她的作業給搶了過去。

她氣紅了臉想要將簿子搶回來，但尚昊說什麼都不還她，一手把簿子摁在他另一邊的空位上，另一手抵著她想勾它的身子。拿不到簿子，她只能惡狠狠瞪他。

「快寫妳的作業。」他敲著她的桌面說。

「你不把簿子還給我，我要怎麼寫？」

他若無其事的說：「用手寫。還看？看本大爺帥嗎？」

尚昊拿在手中的粉筆啪得應聲斷成了兩半，他愣愣的看著躺在地面上的粉筆，講台下這時居然開始湧出大量的血，將純白的粉筆給染成觸目驚心的血紅！最後全面將它覆沒。

尚昊二話不說的奪門而出、衝出教室。

第三章　她是怎樣的女孩？

「昊，你還好吧？」送他出門時，媽媽在他身後擔心的又問了他一次。昨天他無故衝出教室的事，老師已傳賴告知她。

「沒事啦……」尚昊門一砰便離開家，將老是瞎操心的老媽丟於門後。

其實尚昊也隱約覺得自己不太對勁。自從在公車上遇到那個女生之後，腦海就不時會出現一些奇怪的片斷幻影，昨天在教室突然跳出他腦海的女生，和不斷在夢中問他那句話的女生，竟是同一個人，但是，他依然看不清她的模樣。

公車來了，他迫不急待的疾步躍上公車，那個女孩果然如昨天坐在原位、也如昨天那樣坦帥的直視著他不放。

尚昊瞧了她一眼，便裝作若無其事的坐到自己的坐位上，心臟竟開始怦怦跳動了起來，女孩不慌不忙的又來到他身旁，定定的坐下。

尚昊真的看到自己的心因為緊張自嘴裡跳出來了，就在他的面前想要逃跑，他倒吸了一口氣，忍不住偷偷的瞟了她一眼，她今天沒有露出滲白的頸子，任由烏黑的長髮恣意流瀉披肩，看起來成熟了一點。

她拿起昨天的平板，又開始打開創意程式作起畫。看她畫個不停，畫裡是一個女人雙手交握於胸前，神色哀傷的低頭在禱告。她很認真的埋頭苦畫，似乎並不打算把昨天放給尚昊看一半的故事，繼續放完。

莫非是故意要他去猜，接下來的劇情的走向是如何嗎？

厚！我已經猜了整整一天了，拜託就饒了我吧！

看著那隻在平版上塗塗抹抹、修長纖細的手指，她被按壓在廁所牆面上，遭那兩個惡徒猥褻時無助掙扎的手，倏地在他腦海裡交疊成同一個畫面，一陣轟天的焦焦作響，此時公車嘎得一聲，他們竟然已經到了學校！

等尚昊回神追人下車時，又同樣不見那女孩的身影！

明天一定要向她問清楚，她畫那張畫的原因？

但是到了第二天，尚昊只是看著低頭作畫的雪白頸子，卻什麼話都說不出口。

人家說，心病難醫。

　　她會不會真的遭受到了那兩個惡棍的強暴，身心目前正處於極度的憂傷之中還沒走出陰影？他若是貿然的問她，不但會揭開她心中的那道可能已經痊癒的瘡疤，還有可能再次讓她深陷那場恐怖的地獄裡。

　　她昨天畫的那個祈禱的婦女，該不會是她悲傷的母親吧？

　　尚昊甩甩頭想忘卻那幅畫接下來可能發生的事情，或許那只是這個女孩的隨筆，之後什麼也沒有發生；也或許，根本就是這個女孩……刻意勾引那兩個男網友進去廁所的。

　　有了這個念頭，尚昊突然對那一直吸引著他的頸子，產生了一絲的作嘔，他別過臉，看向窗外，卻仍心不在焉的，又忍不住的將目光定到玻璃窗上，偷看她今天在畫什麼？

　　今天她筆下的物體就輕鬆多了，是一隻抬著頭，波光粼粼的向主人投射喵光的可愛小虎貓，水汪汪的烏黑大眼睛，還真與這女孩有些神似哩。

　　是她養的貓嗎？

　　一絲罪惡感自尚昊的心中湧起，看她恬靜內向，怎麼看，都看不出她是那種水性楊花、到處和網友濫交的女孩。

　　只是……另一個念頭，轟然闖入尚昊的腦中。她這些天以來，不就大剌剌逕直的坐到他身邊？他對於她來說，也是個陌

生的男人，她那樣大膽的行徑，無意就是在為自己找麻煩，製造別人對她充滿遐想的想入非非。

尤其像他們男人這樣的生物，怎麼可能不對投懷送抱的女人，不起色心，還是個小美人？

尚昊深嘆了一口氣，終於將目光放於窗外的世界裡。公車再度嘎的一聲停住，女孩一如往常，跟著人潮魚貫而下，但今天，尚昊並沒有焦急的追著她下車。

夜裡，那個不斷上演的夢又來敲尚昊的門，這次那個臉蛋一片模糊的女孩向他問完問題之後，緊接著是一個婦人摀著臉，哀傷的向上蒼祈禱，然後他目光看向地面，那兒有一隻抬頭正睥望著他的貓，一同在他夢中切割成好幾個畫面旋轉了起來，逼得尚昊驚聲尖叫的自床上蹭坐而起。

房裡的燈瞬間大亮，媽媽瞪得兩眼渾圓，問床上的他：「怎麼了？」

尚昊汗流浹背，左手掐進了頭皮裡說：「沒事，只是做了一場惡夢。」

他看向窗外，天色已微亮，又是清晨定時如臨的夢。公車上那女孩的畫，居然還闖入他的夢中了！

「今天要不要請一天假，我帶你出去外面走走？」媽媽問他。

　　「我不就是做了一場夢！」尚昊翻白眼，覺得她又在那裡大驚小怪了，從小到大都這樣，他只要出了一點小問題，她就會要他請假去看醫生。

　　上了公車不久，那道引人入勝的髮香又襲來，尚昊知道她又如常，坐到他身旁，但她卻沒如常那樣，拿出平板埋頭畫畫。兩人的身子隨著公車輕輕的搖晃，從玻璃窗的倒影，尚昊看到勾勒著她臉上的線條，原來比他想像中的還要細緻！緊抿的小嘴如櫻似桃，一抹嫣紅似要自她嘴上嬌滴而下了。

　　她目光落在對面窗外，那雙不施半點胭脂、卻好比杏花綻放的眼睛，正在找尋什麼呢？

第四章　她的目的

　　漸漸的，他已經習慣他的身邊坐著她，而且轉眼間，竟已過了三個月。

　　好幾次提出勇氣要問她的話，都在看到她的瞬間，默默的化作千頭萬緒的煙霧，蒸發殆盡，感覺他們之間，根本就不需要言語。

　　這天，她又心血來潮的拿出她作畫的平板，尚昊偷瞄了一眼平板的畫面，瞳仁急遽放大，是那張在海邊廁所的畫！他將背坐直全神貫注了起來，她今天是不是要向他揭曉答案？

葱白的手指，果然毫不遲疑的滑到下一張，畫裡依然是廁所外面，但在廁所外的天空中，卻寫了偌大的「放手，救命！」男網友也不見蹤影，鐵定是跟進去了。

廁所外面此時卻站著另一個男生，他正拿著手機，旁白寫著「警察局嗎？這是貓鼻海灘，有兩個變態跟蹤一個女生跑進了廁所。」

原來這就是結果啊！這麼多日來的疑惑終於解開，她果然不是什麼水性楊花的女人，心中舒坦了許多。

但是，尚昊立刻發現女孩不太對勁，平板上，霍地滴落了好幾顆晶瑩剔透的水珠子，他感到女孩肩膀微微在顫抖，她在哭嗎？

尚昊放下交叉在胸前的雙手，更加正襟危坐了起來，自她背後，看到她細白的手指，慢慢的在畫中打電話男生的身上滑動，動作帶著萬分的不捨與愛憐。

那救她的男生……是她的男朋友嗎？該不會為了救她，喪失了一條命？她才會這麼的傷心？

公車不知在何時已然停了下來？

尚昊吞吞的最後才下車，沒想到，他一下了車，那女孩居然沒有如以往那樣埋沒在人群裡消失不見，她就站在人群裡，眼眸還閃著淚光，愣愣的望著他。

　　尚昊腳步一僵，也頓時忘了前進。停滯了一會兒，他終於鼓起勇氣向她走去，決定將三個月她坐在他身旁的疑惑，好好的問個明白。誰知他才向她啟動一步，她轉身就往人群裡跑去，瞬間淹沒在穿流入校的人潮裡。

　　她的眼淚是怎麼一回事？她今天停下來等他，究竟是為了什麼？她到底有什麼事想要告訴他，卻開不了口是嗎？

　　他一直以為，她想要坐在他的身邊又不說話，又沒有遞情書想告白的跡象，或許只是巧合，只是喜歡上了公車有個人作伴。但今天，她打破這三個月來他們之間的規則和沉默，卻又選擇逃走？

　　這個令人匪夷所思的女孩，快要將尚昊給逼瘋了！她究竟想要他怎樣？

　　他心不在焉又被老師給抓了包，老師罰他上台為一句成語造一個句子，結果他才拿起那根白白的粉筆，天幕便開始在他眼前暈轉了起來，他竟昏倒於講台上。

　　第二天，老媽說什麼都不讓尚昊去學校，硬是逼他在家休息一天，因為他也確實在發燒。

　　沉重重的腦子裡，卻滿滿的都是她今天沒見到他上公車會怎麼樣？會不會很失望？還是跳下了公車，到處找起了他？

　　躺在床上思慮模糊的想著她蜷在公車上作著畫的模樣，才一天不見，他該不會已經開始想念起她了？

　　第二天一早，他迫不及待的自床上跳起便急急的跑去趕公車，連晨間定時來煩他的那個惡夢，都被他給拋到九霄雲外去了。

　　沒想到還未走到公車站牌的轉角，他就聽到前方人聲鼎沸，還有救護車的聲音，尚昊心一緊，身子瞬間僵化於原地，這樣的感覺，似曾相識的令他頭皮發麻？難不成公車站牌附近，又發生了車禍了嗎？

　　他提起腳步飛快的往公車站牌那跑去。

　　果然！同一個死角，牆面和人行道又滿滿的都是血，一台紅色小轎車車頭凹了進去，駕駛目光呆滯的被幾個警察圍了起來盤問和測酒駕，但是地上，已經沒有傷患，一定是被剛剛那台救護車給送到醫院裡去了。

　　望著那個肇事的駕駛，尚昊的瞳仁急遽一縮，該不會和上次的車禍，是同一個人吧？

　　聽說上次那場車禍，警方到目前都還沒有抓到兇手，這些酒駕開車的人，真該被下地獄。尚昊這時才發現公車早已到站，只是被車禍堵住所以還停在路旁，尚昊連忙上車。

他呆呆的望著空無一人的車子，每天都坐在那兒等他上來的身影，怎麼空無一人？她今天沒上課嗎？

他黯然的坐到自己的位置，公車開始搖搖晃晃的啟動了，開往學校的路上，尚昊竟覺得自己彷如還未上車，心神還一直停留在公車站牌旁，等著公車的到來，他一上車，就能對上她緊盯著他的目光。

或許，她跟他一樣生病了吧？該不會是被他給傳染了？

結果第二天，第三天，都不再見到她。

女孩消失了！她的離開，就如同她那天出現在他面前那麼的唐突、那麼的讓他措手不及，她究竟是到哪去了？為什麼要這樣玩弄他的情緒？他的……感情？他甚至於開始有些恨她。

尚昊變得魂不守舍，不管是誰都看得出來他心事重重，媽媽更是開始神經兮兮了起來要帶他去看醫生，逼得尚昊忍不住跟她大吵，最後奪門而出。

走在五彩繽紛的街頭，一個想法赫然湧上，他實在不該被命運這麼推著走，永遠都不主動去尋求答案。

就像第一天那女孩突然坐在他身邊時，他為何就不主動向她問明原因？還狠狠的遲了三個月，依然沒問！他真是對於自己的被動感到無限的震驚，他甚至於連那女孩的名字都不曉得，真的是有夠誇張的事！

懊悔也餘事無補，他一直耿耿於懷那天又在轉角發生的車禍，被撞到的人是誰？直到他在手機上看到了一則地方新聞，那天車禍的肇事者，果然就是半年前在同一地點肇事潛逃的兇手。

尚昊拔腿直奔派出所問，警員給他的資料，讓他的腿頓時一陣軟，前幾天被撞的是一個名叫羅薇玲的十六歲少女，和他同校，幾乎符合了公車上女孩的特徵。

他依著資料來到羅薇玲住的醫院，她渾身是傷躺在病床上的模樣幾乎讓他認不出她來，包紮的紗布裡還隱約滲出血跡，頭部插著一條透明管子，正在引流出淤積於腦中的血，陷入昏迷之中。

管子裡深黑色的血讓尚昊向後一個顛躓，畫面開始在他腦中飛逝了起來……

他手裡握著好不容易排隊買到的月牙型耳飾，就在公車來的那一瞬間，轉角飛來一台紅色小轎車，把迫不及待要上車的尚昊給撞得正著，要送給她當作生日禮物的月牙耳飾飛向天際。

他倒地，昏迷之前，看到警方用粉筆在柏油路上畫了好多記號，白白的粉末，和在他大量流出的鮮血裡！好冷，好害怕，意識慢慢的在流失，好多人圍著他看，她也在其中，驚慌失措的大叫他的名字，她是羅薇玲，他的女朋友。

　　滿臉哀容祈禱的婦人，對上他媽媽的臉；那隻緊盯著他膽心的貓，是他昏迷前常餵的流浪貓，車禍當時也在那兒喵喵叫個不停。

　　記憶如海嘯襲來，尚昊搖搖晃晃的坐到病床旁的椅子上，難怪媽媽和老師同學，老是用擔心的目光審視著他。

　　昏迷了將近半年，他奇蹟似醒來，卻獨把羅薇玲那部分的記憶給忘了。

　　那天他發燒沒去上課，第二天，她該不會是下公車想去家裡找他，才會正好被撞得正著？

　　他握住她的手，眼淚流了下來，想起夢中他對她說的那段話：如果我們真的分開了，我會想辦法，重新再愛上妳。

　　他握住她的手，淚終於忍不住激動的流了下來，他在她耳畔說：「原來這三個月來，妳一直都在努力的讓我重新認識妳，或者想起妳是嗎？」

　　一切疑惑都有了答案，只是，他卻失去了她。

　　「小玲，我一定會等妳回到我身邊，我們再一起搭那輛公車去學校。」

-完-

意外的缘

不打擾，是我的溫柔

文：宛若花開

第一章　愛情的失敗者

「碰！」這次真的走了，徒留允貞一個人在門外，充滿淚痕的雙頰，一次次的心碎聲，都提醒著允貞，她徹底的輸了……，她又是一個失敗者，又再度成為人家的小三，再度無法挽回男人的心……。允貞一邊蹣跚地走著心痛的每一步，一邊雙手交替拭去止不住的淚水，看著校園內的一物一景，都是跟他的回憶，這叫她在接下來的日子內，要怎麼在這片校園度過？

「叮～叮～叮～叮」允貞翻身將按鈴按掉，不想面對外面刺眼的現實，寧願躲在自己陰暗的角落，慢慢舔拭著傷口……。手機音樂聲不知道已經響過幾回，允貞還是讓它自顧自的唱著，直到自己的房門被轟開，她聽到全世界最尖銳的尖叫聲和叫罵聲，沒錯，她的一群好閨蜜來「拯救」她了……。

「劉允貞！你瘋了嗎？為什麼都不接我電話？你不要每次失戀就這樣好不好？一定要這樣嚇死人嗎？」閨蜜一號首先打出第一發咆嘯。

「劉允貞你給我起來！不要給我一副死人樣！只是個男人，沒什麼大不了！男人再找就有，你有必要這樣嗎？」閨蜜二號第二波助攻，但允貞只是把被子拉上蓋住頭，想假裝這一切都不存在。

「劉允貞，你知道你翹掉多少課了嗎？你這樣下去，怎麼畢的了業？你之前的夢想呢？不是說好要一起出國工作？不是說好要環遊全世界？你現在這樣，對得起你自己嗎？」閨蜜三號拉下被子，劉允貞只是默默坐起來，垂著臉、垂著髮，呆滯地望著三位閨蜜，不發一語自顧自走去廁所，將門反鎖……。

「劉允貞！你不要嚇我！趕快給我開門！」閨蜜二號開始緊抓門把，不停地轉動著。但是，即便再用力，門還是一樣深鎖著，就像劉允貞的心門，將自己反鎖在一個密閉空間，等待著殘留的空氣漸漸稀少，讓自己窒息……。

「你們兩個走開，我來用撞的，把門撞開！」閨蜜三號體型較為壯碩些，好歹也是啦啦隊第一把交椅。正當閨蜜一號、二號像說好一般一左一右的閃開，三號以迅雷不及掩耳的速度，厚重的「碰！」一聲，廁所的門被撞開了，允貞也因為衝擊力倒在馬桶前。三人趕緊將允貞扶回床緣邊，幫允貞整理著散亂的頭髮，擦拭著額頭上的血跡，就像在疼惜著一隻被人拋棄的小貓。

「允貞，我知道你現在心裡還很亂，但是，我們日子還是得過下去，吃點東西好嗎？你已經好多天都沒有來學校，也沒有吃東西，身體會吃不消的！」閨密一號眼眶泛淚地說著。

「是啊，允貞，再怎麼樣，你的人生還很長，現在先把心情整理好，我們都很想念你每天都幫我們決定吃什麼，像今天

早上我就又開始有選擇障礙，沒有你，我已經障礙了很多天，再障礙下去，我可能都要去看心理醫生了……。」閨蜜二號緊皺著眉毛，喃喃自語地滴咕著。

「對啊，還有都會常常唸我不要亂買東西，像最近又開始周年慶，沒有你來幫我剁手，我又不小心手滑買了一堆東西……，你說該怎麼辦啦？下個月的帳單來的話，我爸媽鐵定又罵翻了！就會把我的附卡給停掉了……。這樣我是要怎麼帶你們去吃大餐和開房間啦！」閨蜜三號忿忿地抱怨著。

說著、說著，聽到開房間三個字，允貞終於破涕為笑，四個女人抱在一起互相取暖著，安慰著彼此的心靈。突然閨蜜二號靈光乍現，賊賊地笑容望著允貞，大家不禁好奇她到底葫蘆裡賣什麼藥？

「我跟你們說喔，我最近在 PTT 西斯版上留言，然後就有人寄信來問說，要不要加入 LINE 群組？」閨蜜二號繼續賣關子說著。

「加入 LINE 群組？我們現在就一堆啦！美妝、代購、團購等等，還加什麼群組啦！」閨蜜三號一邊用手指挖著耳朵，一邊調侃著。

「不是啦！這個群組不是像我們一般那樣，他們專門是聊色色的東西喔！聽說裡面很多帥哥美女，都很養眼的！我看群

主傳過來的照片的素質也滿高的！允貞，你要不要陪我進去玩看看？其他兩個女人都有男朋友，會比較麻煩，我們兩個單身的比較好解決！」閨蜜二號繼續進攻，打算說服允貞一起進入群組，也比較有個好照應。

「可是我……」允貞覺得自己心裡還沒整頓好，應該不太適合現在就去接觸異性。

「沒有什麼好可是的啦，反正你現在就是需要換一個環境，換個口味嘛！」閨蜜二號自動拿出手機開始默默打字。

「這麼說好像也有點道理，不如就去試試看，反正不喜歡就退出就好啦！」閨蜜三號幫腔著。

在半推半就之下，允貞只好暫時答應了這場邀約，心裡還在盤算怎麼從這場鬧劇全身而退，不然怎麼會知道自己被推進的是火坑？或是回不去的路了……。

第二章　遊戲開始

跟男友分手又是一個低潮，這樣分分合合的戲碼，不斷地在允貞的人生重複著……雖然身邊的朋友都建議允貞要看開一點，也提醒著允貞該趕快打開 LINE 群組邀約的連結。允貞盯著手機看了許久，突來的急煞機車聲，嚇著了允貞，也就不自覺在腦袋一片空白下，點開了確認鍵……。就在那一剎那閉

著眼睛的時刻點開、加入、通關，允貞開始進入了另一個世界……。是的，允貞被邀請到一個群組，一個男女遊戲的世界……。

雖然百般無奈，也覺得自己很蠢，但是允貞還是乖乖完成入群手續，跟群主確認好所有規則，就在群主叮嚀完，就是正式入群了。

「安安，歡迎新人！」

「歡淫～歡淫！」

「有妹子耶！」

「新人上照啊！」

「……」

就像影片自動播放一樣，每個人入群被拉入到設置區域，被設定成其中的一個角色，開啟了每天認識不同人，有一群人開始會關心你，陪你聊 543……有的沒的，生活似乎開始有了有趣的轉變？！不知不覺就這樣過了一個多禮拜，群內似乎都大家見過彼此，都會開始約著唱歌、打牌、看電影……。等等允貞琢磨著這些局，距離好遠，罷了！偶爾發個照，偶爾打個屁，不要再被點名，應該就可以了！

　　每天都有不同的素人上傳著不同的性感照片，大家也都很捧場，互相吹捧著，就在某天允貞剛好買新內衣，拍了幾張內衣照上傳到群組，

　　「已戀愛！」

　　「是正妹耶！」

　　「正妹可以加你嗎？」

　　「可以濕濕嗎？」

　　「群主這樣暗砍可以嗎？」

　　「要不要一起來唱歌啊？」

　　「……」

　　允貞無聊開始點開那些說要加她的男人照片，照片上也點綴著各種不同的品味與喜好，看著各式各樣的自介，允貞不自覺右邊嘴角上揚，想著，這群人是怎麼一回事？每天都沒事做嗎？默默關閉相簿區，心中沒有什麼心動感覺……。點回群組畫面，打出婉拒的字句：「太遠了啦……改天吧！」

　　下面開始出現一片哀嚎聲……，

　　「不～我被妹仔拒絕了……。」

　　「有聽到玻璃碎滿地的聲音嗎？」

　　「484 群主先凵了？」

「哪有 == ⋯⋯我也還在努力好嗎？」

「什麼？竟然有群主ㄩ不到的妹子？」

「不好說⋯⋯」

「⋯⋯」

但總是還是會有一群繼續默默努力著的男人，想要試探著、爭取著最後一絲絲的機會，但奇妙的是，上天就是這樣悄悄安排，默默突然在一堆照片後面閃過一句：「我那天也不能去⋯⋯，有點可惜，還是我可以加你嗎？」

允貞無奈地笑笑，心裡想著：哪位勇者想繼續挑戰啊？難道我給的釘子還不夠大？還是冰山不夠硬啊？我到是要看看到底是什麼樣的人可以這麼厚臉皮？！

當作玩笑般點開加好友欄，按下確認後，兩個人分別簡單自我介紹後，開始有一搭沒一搭的聊著，允貞逐漸發現彼此之間有很多共同的話題，而且喜歡的東西也越來越多，像是看球賽、吃美食、看電影等，分享著彼此生活，抱怨著工作和老闆，某天聊到⋯⋯

允貞嘲諷著：「原來男生不會一開始就說要約喔？」

欣翰笑著回答：「這樣會嚇到對方吧？如果我是女生，我應該也會直接封鎖⋯⋯」

允貞笑著回話：「無言耶，最好是啦！」

允貞忍不住貼幾個翻白眼的貼圖傳送過去。

欣翰認真回答：「真的啊！我有試過！」

允貞笑著回話：「唉唷！果然是理組，很有實驗精神喔！後來怎麼被妹子打槍的啊？」

欣翰又回：「打槍哪有分什麼原因，就是被已讀不回，然後封鎖加刪除囉～」

允貞回：「哈哈哈～」

就這樣有一搭沒一搭的聊天幾次後，王欣翰丟出直球，約允貞一起吃飯或是喝個下午茶，允貞看一看時間，剛好也需要去那附近辦點事情，索性就答應了！

允貞跟閨蜜幾位報備要去見群組一個男人後，閨蜜紛紛起鬨，鼓吹允貞就去試試吧！已經很久沒有男人約吃飯，也沒有滋潤一下，再下去可能老化速度就會加快了！

「真的啊！我覺得我現在跟以前差很多！」閨蜜二號抱怨著。

「哪裡差很多？鬆弛嗎？上面還下面？」閨蜜三號調侃著。

「你在亂說什麼啦！我還很挺好嘛！！」閨蜜二號不服輸地上傳一張自己的胸部照片。

「好像……這套內衣效果還不錯！哪裡買的？」閨蜜一號跟著答腔。

「吼！你們都這樣！給我記住！總之，允貞啊！好好把握嘿！難得有男人主動約你，記得好好打扮一下！需要衣服的話，我這邊應有盡有！我上禮拜才跟 XX 出去……」閨蜜二號熱烈分享著她上周在群組認識約吃飯的男人，允貞只是無奈搖搖頭，想著，我都被你們行情說得很低似的，這次如果見面感覺不錯，當然也是可以嘗試看看吧！

第三章　初登場

兩人要見面也真是一番波折，都剛好各自搭錯公車，搭錯方向，但也是這樣才有機會用 LINE 語音通話，確認彼此的抵達時間。就像上天事先安排好一樣，兩個人分別一前一後在不同的站牌下車，允貞的手機這時傳來訊息：

「你到了嗎？讓我等這麼久，是否該給我獎勵一下？我想在你下車的地方等你，給你一個擁抱！」王欣翰開始傳來甜蜜訊息。

「哈哈～很會！這不是對你的獎勵吧？這應該是對我吧？可以享受到大肌肉的擁抱！」允貞調皮地回著訊息。

「好像這樣說也有道理耶！真的變成對你的獎勵耶！沒關係～等一下會有香味撲鼻而來，我可以接受！」王欣翰繼續撩妹。

　　「我再一站就下車！不好意思，讓你等那麼久！」允貞帶點抱歉的語氣傳了訊息，如果不是卡在教授的事情，早就可以脫身離開，趕上王欣翰的赴約。

　　一來一往的車潮，一絲一絲的細雨，都像是在等待著他們兩人相遇的那一刻，一下車，允貞立刻回訊息。

　　「我到了！你在哪？」允貞在公車站牌左晃右晃，心裡想著，怎麼盼不到有哪位帥哥在車站等候？

　　「你到了？在站牌嗎？穿白色衣服？」王欣翰傳來訊息。

　　「對，你在？在下雨耶，我先過個馬路找個遮雨的地方好了。」允貞迅速打完字，左右張望車子來向，又立刻低頭看手機有沒有傳來訊息。突然有一個人在允貞準備走完斑馬線，到達另一端的路口，一個暖心胸膛突然靠近允貞的臉頰，上方冰冷的雨水也不再滴到允貞的臉龐。當允貞抬頭一看，心想：是他！

　　兩個人終於在路口相遇，允貞看到王欣翰那一瞬間，心想自己的第六感是相當準的！果然本人是真的比較帥！但可惜不是在一般正常管道認識，不然就立馬使出渾身解數放膽追下去！正當允貞看傻了眼，欣翰低頭看看這一直呆望著自己的女孩，不禁笑著說：「你還要繼續看下去嗎？還是我們先到餐廳，再讓你繼續看個夠？」

允貞紅著臉，趕緊推開欣翰說：「沒事，我們走吧！」

允貞加快腳步，快速撤下這尷尬場面，殊不知天雨路滑，剛好地上一灘積水，允貞說這時遲那時快，硬生生大步地要踩下去前，欣翰帥氣一個勾手，將允貞再次拉回胸前，輕聲說了一句：「呼～好險！就差那麼一點！」

允貞根本來不及反應，只知道自己好像在跳舞般，瞬間就被轉圈轉到熟悉的胸膛，雙手也不自覺自然反射動作，就抱上才第一次見面的王欣翰，還緊閉著雙眼的允貞，站穩腳步之後，偷偷微開一小縫，想偷偷看目前狀況到底是怎麼一回事？

王欣翰看允貞這樣的模樣，雙手反扣到後面抓住允貞的手，說著：

「沒事！沒事！現在都在安全範圍，你可以不用擔心了！不過你也抱的太緊了吧！」

「對不起，我只是嚇到，但你也不要趁機耍帥吧！」允貞順勢推開，一邊撥頭髮，一邊假裝沒事。

「我耍帥嗎？！哈哈，其實不用耍，我已經很帥！」王欣翰自顧自搔頭說著。

「可以不要這麼自戀嗎？」允貞順手用手肘推欣翰一把。

「唉喲！會槓拐子啊！」欣翰歪著頭看著允貞。

「當然，我之前還是大學系女籃喔！」允貞不害臊的說著。

「真的假的！你這身高？這身材？不會被撞倒嗎？」欣翰覺得當前這個女孩滿神奇的，很少遇到會打籃球的小隻女孩。

「不要小看我的身高好嗎？好歹我也是控球後衛啊！」允貞瞪了一下欣翰。

「喔！原來是控球後衛啊！失敬失敬！我之前都是打小前鋒比較多！我還跟名人打過球喔！」欣翰驕傲地說著。

「跟誰？周杰倫嗎？」允貞一邊推開餐廳的門，兩人一邊走進去，一邊繼續聊著天。

貼心的欣翰讓允貞全權做主，允貞點什麼就吃什麼，兩個人從籃球聊到 NBA，再聊到各自去看球賽經驗，繼續聊到工作等等。無話不談的暢快感，在允貞心中默默加了分。快轉到服務生送上最後一道菜，欣翰直接丟出直球來個措手不及，突然說了一句：「我覺得你，我可以！」

允貞兩眼呆滯著，還喝著果汁，含糊地說著：「可以什麼？」

王欣翰突然被這樣問的不知道該如何接話下去，有點紅著臉，說著：「就我覺得感覺不錯，你要不要試試？」

瞬間氣氛尷尬起來，允貞第一次遇到才剛見面就馬上要……。

王欣翰感覺自己好像說錯話一樣，趕緊打圓場：「如果你覺得不行，沒關係，不勉強……。」

允貞沒多加思索些什麼，也直接丟出直球：「沒關係，就當作解成就吧！」

第四章　戀愛感模式

欣翰就像接收到雷達般迅速打開手機介面開始搜索附近的旅館，允貞一邊喝著果汁，一邊細細品嘗眼前這位奇妙男子，剛剛只顧著聊天和感受胸前的胸大肌，都還沒仔細看這位「陌生人」。允貞開始默默從頭琢磨到尾，乾淨的臉龐，俐落的髮型，標準理工男的穿著－白衣藍牛仔，雖然戴著黑框眼鏡，但是遮不住深邃的濃眉大眼。允貞心想：這好像是我大學時期曾經幻想過的對象，會打籃球，又是理工背景，整個就是標準的戀愛對象，這樣的戀愛感超滿足，恰巧就是我現在想要的模式。

欣翰打完電話，轉回跟允貞面對面，不禁也跟著允貞歪著頭，笑笑地說：「你是不是開始在幻想壞壞的事情了？看我看到都快流口水了你！」允貞順勢趕緊右手摸上嘴巴，看看自己是否真的看得出神都流下口水，好氣又好笑地說：「最好是！把我說的那麼誇張！」兩個人共同撐起一把小傘，準備前往旅館「辦正事」，欣翰順手幫允貞背包包，貼心的一路領著允貞到房間，開啟了他們的第一次……。

「要先洗澡嗎？」欣翰禮貌性問著。

「反正等等都要洗，直接來吧！」允貞背對著欣翰，一邊說著，一邊開始脫下外套，摘下耳上的耳環。

還未等允貞反應過來，欣翰嘴角上揚，右手一個拽身，將允貞抱到床邊，兩個人瞬間拉近一大段距離，直接來個心跳聲最近距離。允貞頓時臉紅，心跳也越來越大聲，有點害羞地低下了頭，不太敢正視欣翰的眼睛。

「我先幫你按摩，如何？」欣翰笑笑地說著，允貞知道這是一種暗示，也就默默地點點頭，乖乖趴在床上，讓欣翰開始用手在允貞的身上遊走……。果然是老手，按摩服務不只是按摩，衣服一件件被褪去，兩人身體也越來越靠近，允貞只剩下一件內褲和內衣，這時，欣翰開始貪婪地雙唇吻上，從唇……到敏感的脖子……一路吻到胸……。允貞不自覺地抖一下，輕聲吟了一聲，欣翰知道這就是敏感帶之一，更是加快速度進攻！

允貞逐漸感受到欣翰的身體重量適度壓了上來，手也將最後的一絲帶走，欣翰順勢脫掉了上衣，厚實的胸肌和六塊肌不禁讓人看傻了眼，欣翰用手勢示意著允貞回神，允貞了解了他的深意，伸手配合褪去他的下半身衣物，知道等一下欣翰即將硬挺進入自己最深處……，讓她進入下一個階段……。

不需要太多技巧，堅挺直入到最深處，在允貞的雙腿間，緩緩地抽動，兩人肉體緊黏著彼此，歡淫聲在房間迴盪，那……才只是中間點……。溫柔的欣翰，擔心允貞會因為太深而有所

疼痛感出現，輕輕地在起點繞個圈，畫個圓，緩緩地試探著允貞的張度，慢慢地再讓允貞推向另一波……湧現。

　　溫暖的大手在雙腿間不安分的滑動著，舌頭也在雪白的酥胸上親吻著，允貞緊抓著欣翰的臂膀，暗示他再更深入，並在欣翰耳邊細語著：「可以再對我粗暴一點，我想要今晚成為你暫時的女人……。」允貞希望找到可以讓她忘卻過去的煩悶，享受這當下歡愉的方法，那就是──戀愛模式！

　　欣翰像是接收到緊急命令般，開始猛烈地進攻，將允貞拽起，坐在他的腿上，粗暴中又帶點溫柔的親吻著允貞的唇、允貞的肩、允貞的酥胸，並讓允貞盡情在他身上跳動，不停地流下一絲絲的精華在欣翰的身上……。

　　突然欣翰將允貞 180 度翻身，命令允貞將屁股抬高，並伏貼在床上，欣翰毫不猶豫地挺進，放肆地在後方不斷地撞擊著允貞，讓允貞毫無防備又達到巔峰！欣翰突然問了一句：「這樣可以嗎？我想最後衝刺了！」允貞會心一笑，點點頭！兩人一起到達最後的高潮……。

　　高潮後，欣翰輕輕吻著允貞的額頭，甜甜地說：「要不要抱你去浴室沖洗？」允貞微笑著伸手環住欣翰的脖子，讓他一手抱起。雖然視覺上已經感受到他強壯的身體，但可以這樣一手抱起的感覺，還是讓允貞小鹿亂撞好一會兒……。

兩個人也把握著時間互相幫忙洗著身體，想在對方身上再留下一點溫存，也開始有一搭沒一搭的聊著，允貞抱怨著頭髮好多不想吹，欣翰默默地拿起吹風機，拿下允貞手中的浴巾，輕聲說了一句：「我幫你吧！」

在鏡中的欣翰很認真地在幫允貞吹著，輕輕地撥弄著允貞的頭髮，允貞看著、看著出神了，想著：這是什麼樣的高手？竟然會出現在我的世界？從來都只有我一直努力對對方好，才換得對方一抹微笑，就覺得心滿意足……，而今天上一刻還是陌生人的欣翰，就像把我當女王一樣在手心疼，這樣的遊戲情節設定，太讓人捨不得離開了吧？！

欣翰突然把下巴壓在允貞的頭上，調皮地說著：「又想什麼想到出神了？讓我敲醒你！不過，你不覺得這樣的高度剛好嗎？」

允貞回了欣翰一記拐子，沒好氣地說：「如果不乖乖幫我吹完，我等一下可不幫你吹喔！」

欣翰悶吭一聲：「哎呦，好痛……逼逼，犯規！」允貞冷笑一聲說：「既然都犯規了，那我就犯規到底！看你裁判還想不想吹犯規！」允貞順勢推倒欣翰到床緣邊，欣翰突然抓住允貞的手，說：「推倒是男人的權利，沒有女人推倒男人的道理！」

　　沒錯，又是一記摔身，允貞再度被撲倒在床，此時欣翰輕輕在允貞的額頭貼上一吻，這真的是超級犯規了！允貞頓時臉紅，完全不知所措，只見欣翰笑笑地用手指彈的了幾下允貞的鼻子，欣翰自己換個位置躺在床頭，允貞起身坐著，了解欣翰這個姿勢的用意，輕輕地用手打開了他的腿，準備迎接他的囊中之物！

　　細細品嘗是美味，允貞伸出了舌頭，輕輕地畫起圓圈，就像貪婪的孩子在輕啄一支棒棒糖，畫著、舔著、輕吸一口，再以迅雷不及掩耳的速度，將它含到最底……。沒錯，就是這個深深一口，允貞偷偷地瞄了一眼欣翰的表情和肚子的起伏，允貞心理了明：我知道，他，已享受在其中，而我的任務，就是讓他達到最高層次的滿足！

　　允貞輕輕含著它，避開牙齒造成的刮痕，用舌頭在裡面打轉，包覆著欣翰所有的敏感地帶，深還要再深深一口，吐出時還要帶點黏牙感，來來回回、吸吸吐吐，允貞的左手輕撫著兩顆囊，輕輕撫著、轉著、按著，而右手也毫不閒著，開始掌握住關鍵點，搭配著嘴，逐漸加快速度，再迅速拔出。接著轉換進攻兩顆囊，舌頭舔著、嘴巴吸著，來來回回無數次，再來一記舔著棒子，由下到上，來回滑弄著……。

欣翰突然伸手摸允貞的私密處，淫淫帶點邪惡的笑容，對著允貞說：「寶貝，原來你這樣也跟我一樣濕了，是不是該來下一階段了？」

允貞點點頭，擦乾剛剛嘴上留下的精華，趴著背對欣翰，乖乖等著下一道指示：

「趴好，屁股往上，腰往下！」

接著，就是一個猛烈的撞擊，讓允貞有點不支倒地，但欣翰並沒有放過允貞的意思，拉起允貞的肩膀，繼續衝撞著，引著允貞，繼續再一波高潮迭起，而房間內又是此起彼落的叫床聲，允貞微笑著心想：今天晚上，會是一夜好眠了！

兩人激戰後，簡單清理，聊彼此的興趣，聊著彼此的愛好，電話鈴聲響起，曲終人散，他們都知道，也都期待著下次再見面！

第五章　未知數

兩人後續一樣在 LINE 上面打得火熱，更開始大膽地視訊電愛起來，不分距離，不分夜晚的寂寞，就像在大海中找到彼此那番感動。某次的耳邊細語，欣翰很開心地對允貞說：「我跟你說，我申請去澳洲的簽證過了耶！」

允貞拉起棉被一角，反射性說著：「好好喔，恭喜囉，可以去澳洲玩～」欣翰拿著手機，指著手機螢幕上的 mail，興奮地說：「不是啦，是我要去澳洲的工作簽證資格被抽到了！我可以去澳洲工作了！」

允貞伸手拿起欣翰的手機，仔細一看，心中開始沉，低聲地說：「你要去多久？你還會回來嗎？」欣翰自顧自拿回手機，一邊滑著一邊說：「可能兩年吧！目前這是打工簽，如果表現好，有機會轉正職，雖然我去那邊也是直接做正職的工作了，只是有兩年限制，順利的話，我就可以一直待在那邊！你也快去找適合你的人吧！」

允貞心更沉，好像背後有一股黑洞的力量，將自己吸入一個回憶內，這個回憶，是痛苦的，深刻的。似乎在允貞的眼前，又出現那個曾經陪伴她度過大學歲月的「他」。

大學的允貞是系上的啦啦隊一員，常常都是擔任上層的角色，而在無形中，因為早上、中午、晚上等長時間的練習，默默地跟搭配的學長產生了情愫，學長也常常跟允貞在練習完之後，兩人單獨避開了其他啦啦隊隊員，一起去吃宵夜、看夜景、看電影等，情侶的模式已經在兩人之間習以為常，也常被其他隊員調侃，兩個人到底偷偷摸摸做什麼去。

突然在某次吃消夜的時候，學長說了一句：「畢業後，我就要去英國找我女朋友了，謝謝你這陣子的陪伴，保重！」允

貞就像是被巨石敲中頭似的，整個世界在允貞的眼前打轉，允貞震驚地說不出半句話，欲言又止、吞吞吐吐，好不容易擠出一句話：「學長，你還會回來嗎？」學長回了一句：「順利的話，我就會在那邊找工作，就一直待在那邊，然後結婚，你也快去找適合你的人吧！」學長語畢，在桌上留下一些餐錢和計程車的錢，就自顧自戴上安全帽，騎車徜徉在台北無人的街頭，徒留允貞一人在餐廳內，臉上開始一滴一滴不止地流下淚水，那時怎麼回宿舍的，允貞也像斷片般已經毫無記憶……。

但同樣的一句話，又再度刺進允貞的心，又是一個別離，又是一個拋棄，欣翰看見允貞突然開始落淚，趕緊抱緊允貞，輕聲問：「也不用這麼感傷吧？又不是生離死別，或許之後有機會就可以再見面啊！」欣翰突如其來的擁抱，讓允貞回到了現實，用手擦乾淚水後，也伸出雙手擁抱欣翰，感受可能是最後幾次的溫度，然後回答說：「沒事，我只是想到以前一個朋友，你不是說要跟朋友吃飯，走吧！」兩人簡單打理好身上衣服後，就一起步出旅館，前往欣翰朋友幫他舉行的餞行。

「喂！王欣翰，這邊啦！」遠遠看到有一桌人在向欣翰這邊招手，這一群就是王欣翰在大學時期的出征多場的戰友們，聽到欣翰要出國了，紛紛在群組內敲碗，搶著一定要幫欣翰歡送一下，就促成了這一局的飯局。

「喂！王欣翰，不錯喔，還帶妹子來，女朋友喔？」以前籃球隊的中鋒調侃著王欣翰。

「不是啦！就朋友，想說剛好就在附近，一起帶過來跟大家一起吃飯，大家不會介意吧？」王欣翰一邊拉椅子給允貞坐，一邊說著。

「正妹來，我們當然都沒意見啊！只怕是某人看了會心酸酸啊～哈哈哈」以前籃球隊的中鋒故意眼神飄向球隊經理——邵乃葳的方向。

「拜託！都多久以前的事情了，那只是大學朋友關係啦！你不要再誤會啦！」王欣翰順勢推了中鋒一把，順便暗示他該閉嘴了。

「好好好，都是以前的事情了，不提了，不提了！老闆，可以上菜了！」中鋒往櫃台方向走，跟餐廳老闆喊著，並順路去冰箱拿出幾罐啤酒，準備好好大吃大喝一番！

酒酣耳熟後，邵乃葳也默默越坐越靠近王欣翰，也藉機把允貞擠到旁邊的位置，允貞大概也看出些端倪，也順勢假裝去廁所，躲過這無妄之災。

「學長，你這樣去澳洲後，人家怎麼辦？」乃葳開始藉著酒力，開始對欣翰坐近一步，身體也不自覺主動靠上去。

「ㄟ，乃葳，你是不是醉了，該送你回家了吧？」欣翰藉機閃躲乃葳的近距離接觸，一邊希望可以不要引起其他人的誤會。

「學長，哪有人趕人走的啦！今天是你的大日子，人家要陪你到最後！來～我們再繼續喝嘛！」乃葳假裝不勝酒力，有點搖搖晃晃拿著酒杯，作勢要對欣翰敬酒。

「好好好，乃葳，那你就喝這杯就好，就不要再喝了！不然這樣下去，你真的會醉啦！」欣翰試圖要把乃葳手中的酒杯拿走，但乃葳撒嬌地不想直接拿給欣翰。

允貞去完廁所後，走回座位看到這一幕，不禁搖搖頭，只好選在更旁邊一點的「搖滾區」，看著乃葳要怎麼拐欣翰回家。

有天也順勢坐在「搖滾區」，拿著紅酒，幫允貞斟一杯，先對允貞自我介紹起來：「嗨，我是康有天，欣翰的大學籃球隊友，方便坐你旁邊嗎？」允貞點點頭，沒再多說什麼，只是望著對面的假情侶，看著乃葳怎麼對欣翰使出絕招攻擊。

有天看著允貞一直望向前面，不禁抬起手到允貞的眼前晃一晃，淡淡地說：「眼前這齣鬧劇還想繼續看下去嗎？還是我們就換地方走走呢？」

允貞也沒多想，換個地方透透氣也是感覺不錯，畢竟眼前這個讓她又回憶起傷心事的男人，也被癡女糾纏著，不如就接

受這個邀約，認識新朋友好了！允貞一口乾了手中的紅酒，跟有天說：「幫我拿一下包包，可以嗎？我不太想去碰已經喝醉酒的人。」有天大概也知道這醋味很重，自己很識趣地跟欣翰說聲保重，稍微挪開乃葳的身體，幫忙把允貞的包包一起帶走。

乃葳雖然手拉著欣翰，但眼神不自覺跟著有天的身影走，心裡想著：怎麼會這樣？有天學長為什麼就這樣走了？不是應該要吃醋嗎？怎麼會是帶著一個才剛見面的女人離開？

第六章　朋友，你好

呼！終於，這場鬧劇可以不用繼續看下去，允貞心裡想著，外面的空氣雖然冰冷，但是終究比餐廳內新鮮多了！有天不知道從哪買來一杯熱可可，送到允貞的手中，並說：「這杯給你，暖一下手吧！」允貞謝過有天，剛好也真的天氣冷的手都快僵了，順勢將熱可可接到自己懷中，隨口問一句：「現在你在哪邊工作呢？」

「我目前是在一家外商公司，常常都要出差。」有天也拿著自己的熱咖啡一邊陪允貞隨意亂晃著。

「還不錯耶，能到外商公司上班，外語能力都很強！」允貞啜飲著熱可可，一邊隨意看著、走著。

「也還好，就是混口飯吃，你呢？你是在哪邊工作？」有天看向允貞問著。

「我嗎？我應該算教授研究助理，就一邊念研究所，一邊寫論文，打雜而已。」允貞回應有天的眼神。

「你不覺得我很眼熟嗎？我們曾經見過面。」有天大膽向允貞說。

「噗嗤！」允貞有點被熱可可嗆到。

「喂！你的招數會不會太老套了一點，現在都什麼年代了，還在用眼熟這招？」允貞調侃著。

「不是，我是說真的，我跟欣翰常出去各校比賽，我常常看到你們學校啦啦隊的表演啊！」有天很認真在解釋。

「哈哈，幹嘛這麼認真，好啦！你說看到我們之前啦啦隊表演，這個我開始有些印象，這樣一說，好像我們滿常見面的耶！因為常常都會在籃球比賽遇到嘛！」允貞像是想起什麼事情，很興奮地說著。

「對嘛！我還想說我是不是認錯人，那就對了嘛！」有天拍拍自己胸膛說著。

「哈哈，你太誇張了啦！認錯人也沒關係，反正也是認識新朋友，不過話說你跟欣翰感覺應該感情不錯吧！？」允貞繼續喝著熱可可，一邊說著。

　　兩個人繼續走在台北的街頭，一邊聊著，一邊走在允貞的回家路上。

　　「感謝你今天送我回家！那就……拜拜囉！」允貞略有些尷尬地向有天揮揮手。

　　「嗯……好，拜拜！」有天似乎欲言又止，默默地看著允珍拿鑰匙準備開門。

　　「那個……等一下，我還不知道你的名字，或是我們方便交換一下 LINE 嗎？」有天終於鼓起勇氣，對允貞說出口。

　　允貞停下轉動的鑰匙，愣了幾秒，想著這個傢伙怎麼招數都這麼老套，「我覺得啊……」允貞才剛要說自己的帳號，但馬上被有天打斷。

　　「沒關係，如果不方便就算了，今天跟你聊天很開心！拜拜！」有天頓時整個臉紅，誤以為允貞要拒絕他。

　　當有天準備轉身，允貞這時一邊走下樓梯，一邊說：「不是啦……」剛好不小心拐了腳，花容失色的叫了一聲。「啊！」這時有天瞬間轉身，趕緊向前抱住並接住了允貞，兩個人剛好對視。

　　「你還好嗎？」有天問著允貞，允貞還驚魂未定，想著怎麼還在天旋地轉，眼前這個人怎麼也跟著轉？

過了幾秒，允貞終於回過神，趕緊站起身，跟有天說：「那個……不好意思，我剛剛不小心，讓你見笑了……」

「不會，舉手之勞而已，那就先這樣，再見！」

「我剛剛的意思是，我覺得你的方法真的很老套，但我覺得你是好人，可以交換啦！」允貞看到有天這樣失落的感覺，趕緊說出口。

「原來，想說你是不想，我就算了……」有天鬆了一口氣。

「你也太玻璃心吧？哈哈哈，好啦，給你掃描，朋友，你好！」允貞一邊笑，一邊拿手機給有天掃描 LINE 帳號。

「謝謝你！朋友，你好！你真的跟之前在啦啦隊一樣，笑容都一樣燦爛，讓人覺得都被感染了！」有天一邊將手機收進口袋。

「沒辦法，誰叫我有啦啦隊的天性，啦啦隊就是要笑爆嘴啊！我已經下巴習慣性脫臼了！哈哈哈！」允貞這樣說著，連同有天都一起笑了起來！

但遠遠的，有一個握緊拳頭的女人，正在怒視著他們，並下定決心，絕不要讓允貞好過！一定要讓她跌入深淵，奪走她最心愛的人，讓她痛苦一輩子！

第七章　隱翅蟲

　　允貞覺得最近欣翰對她開始有點冷淡，之前幾乎天天都會馬上回訊息，但最近好像很忙，都隔了好多天才回了幾個字……。允貞不禁到閨蜜群組抱怨了一下。

　　「我覺得他好像對我沒興趣了耶……」允貞默默在廁所拿著手機打著字。

　　「你484暈船了？」閨蜜三號馬上一針見血點出允貞不想承認的事實。

　　「怎麼可能？我只是想要做而已啦！我覺得難得遇到適合的啊！」允貞立刻撇清。

　　「那是最好，想清楚自己到底在做什麼吧！」閨蜜三號勸說著。

　　「但是如果發現是彼此都喜歡呢？」閨蜜二號突然冒出一句。

　　「我覺得約完變成男女朋友關係的大有人在，何必去想那麼多？就順其自然啊！」閨蜜二號繼續說著。

　　「我當然希望允貞好啊！但是這樣的認識管道不太好吧？男生一定都不會珍惜的啊！」閨蜜三號繼續吐槽。

「至少要試過才知道啊，如果什麼都沒做，就這樣放男人去澳洲，搞不好他就是允貞的正緣，不就一去不復返了嗎？我是覺得允貞，你可以試試看，反正就當作做夢一樣，有就有，沒有就算了，至少你有把握過，沒有讓自己後悔！」閨蜜二號敢愛敢恨的個性，讓允貞很佩服，心裡默默決定要放手一博！

「你沒看到上次允貞是什麼樣子嗎？你還要讓他繼續這樣？這樣是惡性循環耶！這不是在害她嗎？」閨蜜三號砲火越來越猛！

「我哪有害她，我是支持她，我們應該要讓允貞知道，我們都 support 她，這怎麼會是害？」閨蜜二號不服輸繼續說著。

「……」閨蜜二號和三號繼續吵著，閨蜜一號趕緊出來打圓場，深怕兩人意見不合，又要冷戰……。

「好了、好了，不要再吵了啦！最重要的是允貞，你自己要想清楚，我們就扮演好支持她、陪伴她的角色就好！」閨蜜二號和三號終於停下戰火，各自退讓一步。

「但是……我剛剛發現，那個欣翰和有天的學妹來加我耶……」允貞本來為了避開戰場，跳出了對話框，卻發現在 Facebook 收到乃葳的好友邀請，她覺得好像有一種不好的預感……。

「允貞，這個我就要說了，依據我情場上的直覺，這個女人不簡單……」閨蜜二號像柯南一樣說著。

「欸，你在說廢話嗎？誰不知道她就是禍害來亂的？上次允貞不是就有說那個臭三八把允貞擠開，就為了貼近她那學長？」閨蜜三號毫不客氣地說著。

「那這樣不行，允貞，我們要先出奇制勝，不然就會被那個臭三八給搶走了！我來想一下怎麼對付她！」閨蜜二號若有所思地開始琢磨著對策。

「我是覺得可能也不會有什麼敵意，就且戰且走，允貞，你就自己多注意一下！如果有狀況，趕快隨時跟我們說一下！」閨蜜一號冷靜地說。

突然廁所門被狠狠敲擊著，允貞嚇得手機掉進馬桶，允貞猶豫不決，但又得趕緊拿起手機擦乾，也在這時候不小心按下了邀請確認，外面的清潔阿姨嚷嚷著：「到底是誰一直在裡面啊？」

「好啦，我得趕快出去了，外面的清潔阿姨在催了！先跟你們說拜拜！」允貞趕緊假裝按下沖水紐，一邊摸著肚子開門出去，向阿姨點頭示意道歉，就趕緊洗手離開廁所。

手機的簡訊依然跳動著，閨蜜繼續傳著訊息，但允貞的手機畫面逐漸模糊，剛剛的水滴逐漸滲入主機板，幾條關鍵的訊息默默在跳動閃白的畫面中消失而去⋯⋯。

「喂，允貞，你真的要小心，我真的挖到一條大新聞！」閨蜜二號就像發現新大陸一樣一直傳著訊息。

「你知道她其實已經把你⋯⋯」

「⋯⋯」

允貞繼續協助教授打理雜務，一直到晚上半夜時刻，拖著沉重的腳步回到租屋處，赫然發現有一台有點眼熟的國產轎車停在自己的家門口，一個熟悉的男人身影在月光下等待著。

允貞歪頭思考著，這場景好像在某個夢境中看過？還是其實是她認識的人？這時，這個神祕男人走向她，穩穩地、緩緩地越來越靠近，允貞停下腳步，皺著眉頭，正打算開口問前面這位男人：請問是哪位？當模糊的身影越靠近，一張熟悉的臉孔開始觸動著允貞內心深處：是他？真的就是他嗎？

第八章　說再見，好難

「劉允貞！你怎麼啦？手機都沒開，關機喔？還好嗎？皺著八字眉的，工作不順喔？」欣翰的大手摸著允貞的頭，就像在摸寵物般地輕柔。

「真的是你！吼！你明知道我都被當作廉價勞工在操的啊！我今天真的很衰，手機掉到馬桶，就打不開了……。」允貞就像小孩一樣熊抱著欣翰，對著欣翰撒嬌。

「也太倒楣了吧！哪有人上廁所帶手機進去，還掉進去的啊？好啦，所以老天派我買消夜來犒賞你啊！」欣翰走回車上拎起一包鹹酥雞，還有便利商店袋子內裝的幾罐啤酒。

「好！今天來個不醉不歸！」允貞勾起欣翰的手，一起走入自己的租屋處。但一樣又是一個握緊拳頭的女人站在隱密處，只是她這次出手，把欣翰和允貞進入允貞租屋處的狀態拍下來，並且打開 Facebook，準備開始傳訊息。

酒酣耳熟後，當然允貞和欣翰把握最後一次機會，兩個人更賣力地討好對方，讓彼此都達到一次次的高潮。不只是床上，浴室、沙發，房間內所有的角落，都留下兩人親密的痕跡。高潮迭起後，一樣的 SOP，洗完澡躺在床上互相擁抱著，欣翰拿起手機回著訊息，允貞拿著浴巾擦著頭髮。

「吼！你都不幫我吹頭髮了……，難受……傷心啦！」允貞假裝嘟著嘴抱怨著。

「好好好！來，我幫你吹，我突然想到！我們可以～嘿嘿」欣翰拿著手機，走進允貞，並拿起吹風機，開始吹著。

「可以什麼？你還沒說完耶！」允貞兩手玩弄著浴巾。

「反正我都要出國了，我們不如拍個照片上傳到群組，你覺得怎樣？」欣翰像小孩子一樣興奮地說著。

「你確定？你不是都很低調？這是要解成就的意思？」允貞歪著頭回頭看著欣翰問著。

「對啊！你就不要拍到我的臉，拍我的上半身，還有你自己就好啦！」欣翰慫恿著允貞試試看。

「哈哈你是要展現你的好身材吧？有胸肌和腹肌，好啊～反正我也沒有在群組公開過關係，就讓大家來猜猜看囉！」允貞就當作遊戲一場，心想，反正只是拍照，也不一定有人知道囉！

兩個人擺好 pose，拍了幾張，兩個人認真挑選了一下，就叮咚送出一張親密的吹頭髮照片。

「咦！羨慕有男人幫吹！」群組內開始男男女女起鬨著。

「這是欣翰本人？！身材很好耶！已羨慕！」訊息不斷地湧現。

「唉呦這個手，冒青筋耶！這個我可以！」各種邀約開始出現。

「學長好帥！我也想要！」突然有一個自稱學妹的女生回覆。

「學長還不來吃了學妹？」開始有旁人起鬨。

「有啊！人家早就……（搗臉）……」學妹繼續回著。

等欣翰幫允貞吹完頭髮，允貞開始認真回頭看，發現怎麼會有一個這樣的奇妙女子出現，就拿起手機問欣翰。

「這個女生是誰啊？」允貞問著。

「喔！就那天我帶你去吃飯，同桌的乃葳啊！」欣翰開始滑起手機回覆著。

「乃葳？現在都叫得這麼親密了喔？」允貞開始有點醋味。

「我們以前就認識啦！我不是有說過她是我們籃球校隊的球經？」欣翰自顧自繼續看著手機。

「所以你真的之前已經跟她發生關係？」允貞開始不自覺在意起來。

「對啊！那時候剛好沒有女朋友，我們又經常一起練球，就自然而然發生啦！」欣翰看著手機開始笑著。

「所以你就拉她進來這個群組？」允貞開始略有些不開心的語氣出現。

「你離開後，我那天就送她回家，就有聊到群組的事情，她說她想要進來，我就問群長，群長說沒問題就拉她啦！ㄟ，你看，真的很搞笑耶他們！」欣翰要拿手機給允貞看，允貞假裝沒看到，自顧自走到沙發坐下。

　　欣翰自己摸摸鼻子，把手機移回到自己的胸前，一邊撿起衣服要準備穿上，完全沒有發覺到允貞已經不開心……。允貞打開電視，開始切換著頻道，沒有注意到欣翰已經穿好衣服，拿起車鑰匙，準備離開。等到欣翰靠近允貞，親吻一下允貞的額頭，允貞才回神看到欣翰已經著裝完畢，準備真的離開了……。

　　「你要走了？」允貞開始淚水在眼眶中打轉。

　　「對啊！我這幾天就要飛了，得回去再多陪一下家人，然後趕快把剩下行李打包完。」欣翰拿起自己的包包，回頭環看一下四周，確定自己的東西都有帶走。

　　「那就拜拜！你自己保重！」欣翰打開門，砰一聲，關上，身影就消失在允貞的房間裡。

　　「拜……」允貞的淚水已經迸出，兩行淚流下，允貞像是慌張找不到媽媽的小孩，衝到窗戶邊，看著欣翰上車，發動，駛離……。一直到看不見車子的影子，允貞才慢慢靠著牆壁滑到地上坐著，繼續她的痛哭失聲……。

　　殊不知，乃葳繼續傳著訊息給欣翰，並且約欣翰在出國前再見一次見面。

第九章　敵人，就在你身邊

隔天，陽光一樣照在允貞的臉上，但今天的允貞，臉上帶著淡淡的哀傷，還有昨夜的淚痕，心中莫名失落感一直湧現。但允貞還是撐起身子，因為還有很多報告和教授交代的工作在等著她。習慣性拿起手機看一下，發現螢幕還是全黑，敲自己腦袋一下，才想起自己手機還沒修。

「唉，我到底是把自己活成什麼樣子？當初說好的遊戲規則呢？你的原則在哪裡？」允貞喃喃自語說著，但眼淚還是又再度流了下來。這樣的劇碼到底要在自己的生活中上演幾次？騙與不騙之間，人與人間的信任到底還值多少錢？難道不能簡單的過日子就可以嗎？

允貞一邊刷牙，一邊打開筆電，LINE 順勢跟著開機畫面後進行自動登入，允貞看到訊息數量又是 999+，心裡想著：應該昨天一堆人找我找翻天了吧？但允貞還是先找看看欣翰的訊息是否有再出現？

「唉，果然，現在連到家都不會報平安了……」允貞回到廁所漱完口，開始一邊拿著毛巾擦著臉，一邊隨意點著滑鼠，不經意點開西斯群組，看到昨天的照片底下留言還是不斷，但是，就在欣翰才留言說再過幾天要跟大家說拜拜，準備出國的話底下，沒有幾句話，突然出現欣翰和乃葳的合照，允貞頓時

傻了，完全沒有辦法再將群組的訊息看下去，完全就是失了魂，不知道自己到底是怎麼穿好衣服，帶上所有工作資料，出門搭車到學校的教授研究室……。

「允貞，你不要嚇我啊！是不是昨天發生什麼事情了？那個臭三八對你做什麼？我來幫你處理她！」閨蜜二號輕拍著允貞的臉頰，擔心著看著允貞。

「劉允貞，你才好不容易醒過來，現在又陷進去是哪一招？不要再因為男人讓自己變成一灘爛泥好嗎？」閨蜜三號正準備揮手下去打醒允貞，被閨蜜一號阻擋。

「你幹嘛這樣，我們先聽允貞怎麼說，不要再給她太多打擊，她已經夠難受了！」閨蜜一號趕緊緩緩氣氛，期盼的眼神看著允貞，希望允貞可以說出來。

「昨天……晚上……就跟她……我……」允貞整個腦袋都是繞著欣翰和乃葳親密合照在打轉，不知道到底現在自己是屬於什麼身分？什麼角色？為什麼才跟自己親熱完，又馬上跟乃葳見面？欣翰到底把自己當什麼？

「你在說什麼啊？我怎麼有聽沒有懂？」閨蜜二號皺眉問著。

「對，我算什麼？憑什麼這樣對我？」允貞突然大叫，奮力地站起來，把閨蜜們都嚇慘。

「你幹嘛突然鬼吼鬼叫？」閨蜜三號憤憤地說。

「我昨天跟欣翰做完，他說他要回家了，結果我今天點開群組，發現他跟邵乃崴的親密合照！我早上整個節奏都被打亂了，完全不知道今天到底是怎麼到這裡來，我只知道我現在一肚子氣，覺得我到底算什麼？」允貞握緊拳頭說著。

「你什麼都不是！」閨蜜三號大潑允貞冷水。

允貞就像被雷劈砍，瞬間無力坐在椅子上，念著：「對……我什麼都不是……，我什麼都不是……，我什麼都不是……。」

「你幹嘛這樣說允貞啦！根本就是在她身上再插上無數把刀，我們不是要來安慰她，確定她安全的嗎？怎麼變成來讓她變得更嚴重？」閨蜜二號拍著允貞的背說著。

「其實我們今天三個一大早來找你，是因為我們一直沒看到你已讀我們群組的訊息，我們很擔心那個學妹會不會已經對你不利？而且你手機也一直打不通，我們才趕緊衝過來，看看你是不是安全？不然我們真的超過 24 小時就要報失蹤了！」閨蜜一號也過來抓著允貞的手，一邊說著她們的擔心。

「手機是昨天我們下午聊天後來掉進馬桶就壞了，但你們說誰要對我不利？」允貞若有似無的氣聲回應著。

「就那個臭三八啊！」閨蜜二號嗆著。

「對，因為昨天我們後來發現這個學妹真的跟王欣翰他們不單純，應該說她跟整支球隊都不單純！名義上是球經，但私底下都不知道搞過多少人！而且都害的那些籃球隊的女朋友不得不跟自己男友分手，所以她其實已經在他們科系臭名很久！沒有人喜歡跟她做朋友，所以她後來就轉專業，跑到其他學校念別的，好像也有出國一陣子，可能就是要避風頭，最近才回來而已！」閨蜜三號扎在桌邊說著。

「重點是我們發現她最近會 PO 奇怪的房子照片，後來我們仔細看，根本就是你家！她一直在外面監視你！你竟然都不知道！」閨蜜一號驚恐地說著。

「監視我？幹嘛監視我？她不是喜歡王欣翰？就去他家啊！不監視他，監視我幹嘛？」允貞開始有點爆氣地說著。

「你冷靜點！她就是把你當成假想敵，她可能想要知道你跟王欣翰在做什麼？但是奇怪的一點是，我有去注意她上傳你家附近照片的時間，我記得你上禮拜有說王欣翰帶你去跟他籃球隊朋友吃飯，那時候是你第一次見到她吧？」閨蜜一號仔細分析著。

「對，上周是我跟她第一次見面，我就被擠出去，然後就跟康有天一起離開，留他們繼續恩愛，接著就去便利超商買熱可可和咖啡，就一邊聊天一邊送我回家。」

「然後呢？你們一邊走，一邊都沒有感覺有人在跟蹤？或是你們有覺得哪裡不一樣？像是被放什麼東西在包包或外套之類？」閨蜜一號繼續問著。

「跟蹤？沒有啊！我記得我都有回頭稍微看一下，因為上次被搶包包後，我就都會在多看一下。但包包和外套放東西嗎？我看看，我今天剛好是背那天的包包。」允貞回到櫃子邊，從櫃子內拿出自己的包包到三個閨蜜前面。

「奇怪？為什麼包包上面沒有？那外套呢？」閨蜜們一起左翻右翻包包整個外圍，突然閨蜜二號失聲尖叫。

「你到底今天是怎樣？沒有吃藥是不是？」閨蜜三號用小指挖挖耳朵，覺得自己真的倒楣，怎麼剛好站在她旁邊？

「我突然想到一件事情，允貞，你在離開座位的時候，手機是不是放在桌上？」閨蜜二號像觸電般想到一個點。

「對啊！這就對了！是你的手機被動過手腳！你現在拿手機出來看！」閨蜜趕緊去拿允貞手機。

「ㄟ，你傻了喔？允貞剛剛才說她的手機昨天掉進馬桶，又打不開……。」閨蜜三號白了一眼閨蜜二號。

「對耶！我真的傻了，我怎麼這麼健忘！那該怎麼辦？這樣那臭三八就會一直知道允貞出沒的位置啊！」閨蜜二號想不到方法，急著抱怨著。

「不如這樣，我來測試看看，允貞你手機還是趕快拿去修，我有一支備用手機可以先借你，然後我去幫你取回修好的手機，最近都不要做任何上傳、打卡和按讚，在隱私設定部分也不要允許 app 進行定位，如果被追蹤的是手機，那就是她可能在你的手機內動手腳，像是最近流行冰棒這個 app，就會一直顯示在她的手機地圖上。」閨蜜一號試著找出方法來幫助允貞。

「好，那我就先試試看！如果真的是這樣，我可能會對她提告！這根本就是恐怖情人啊！」允貞一樣氣憤地說著。

「而且她恐怖都在對女人，不是對男人！歐屋，女人何必為難女人呢？」閨蜜二號又開始小劇場上演，其他三個人自顧自開始討論對策，讓閨蜜二號沉浸在自己的幻想世界裡。

第十章　攤牌

允貞拿過備用手機，先把幾個重要的聯絡 app 下載重新登入使用，然後將教授交代的事情都通通先處理。允貞也希望先藉由忙碌把不愉快的事情暫時忘卻，也盡量不再去點開群組內的訊息，甚至開始思考著是否該退出這個群組了，反正也到了自己那時候設定的時間點，或許剛好就是可以藉由這件事情，把這些完全切割乾淨。人生有體驗過，有年輕過就好，允貞在自己心裡忖度著。

「嗨！朋友，今天忙嗎？」有天捎來一段問候訊息。

「忙啊！而且最近真的很倒楣……。」允貞剛好想趁機抱怨、發洩一下。

「忙什麼？」有天繼續關心著。

「忙著遇到瘋子……。」允貞下意識打出這段話。

「那不就跟那個一樣，我誰？我瘋子！」有天試圖搞笑，希望可以讓允貞開心一點！

「嘖嘖，很冷！不好笑！」允貞翻了個白眼，覺得這世界上怎麼會有這樣的人？

「不要這麼冷淡嘛！喔對了，我剛好手上有新開的酒吧入場券，有沒有這個機會可以邀請小姐你來當我的女伴，陪我去聊聊天啊？」有天試著想要約允貞出來見個面。

「今天嗎？我可能會忙得有點晚，怕這樣對你不太好意思，你要不要約改天？」允貞一邊看著教授交代的事項，一邊回覆著。

「不打算讓壞心情跟著酒，一飲而盡嗎？」有天開始更積極地繼續傳著。

「雖然是真的很誘惑我，但是我真的不敢跟你保證時間耶……。」允貞略帶抱歉地打著訊息。

「沒關係啊！反正我下班時間也都比較晚，你看你今天大概會忙到幾點？我再去接你，如何？」有天死纏爛打著允貞。

「OK, deal！那就晚點再跟你說吧！」允貞關了對話框，先趕緊把手邊工作完成。

「嘿！我今天教授早點放人，可能突然良心發現，我要去哪裡跟你會合？」允貞一邊拿起包包，一邊穿著外套打著訊息。有天也秒回訊息，打個通語音給允貞，兩人確認好地點，就直馳酒吧去了。

「到了。」有天停好車說著。

「哇！你找的這家感覺很高檔耶！你確定只是酒吧嗎？」允貞像是劉姥姥逛大觀園一樣好奇著。

「剛好公司都會有優惠票，我就拿了兩張，想說剛好同事們都沒空，我就問你看看囉！走，這邊！」有天帶著允貞進入了酒吧。

兩個人點了簡單的餐點和餐酒後，開始聊起各種生活話題，允貞實在是對於最近發生的事情太煩悶了，點了幾杯不同類型的酒，都是一杯杯豪飲而盡。

「小姐，你會不會喝太快？而且你這樣混酒容易醉！先別喝了吧！」有天試著把允貞手上的酒杯放下。

「怎麼會醉？我臉紅只是每次喝酒的反應啦！但我很清醒的，你明天問我的話，我還可以告訴你我們聊了什麼！」允貞刻意拉遠酒杯，不要讓有天拿到。

兩個人就這樣一來一往，有天不自覺開始越來越靠近允貞，允貞也自顧著手上的酒杯，都沒有發現兩人的距離只剩一公分之遠。

「Oops！吼唷……。」允貞手上的酒杯還是在過程中把自己撒了一身，正覺得惋惜。

「對不起！我幫你擦！」有天趕緊拿起桌上的餐巾紙幫允貞擦拭著。

「沒關係啦！算了，回家丟洗衣機就好了。只是覺得最近很倒楣，怎麼什麼鳥事都讓我遇到……。」允貞繼續擦拭著，一邊抱怨著。

「怎了？不是說教授有良心發現？還有其他不開心的事情喔？」有天坐回自己位置上說著。

「對啊！就你們那學妹邵乃葳啊！沒事幹嘛跟蹤我？搞得我現在都很害怕回家……。」允貞沒好氣地說。

「她跟蹤你？什麼時候開始的？」有天開始擔心之前的事情發生。

「上禮拜我們吃完飯之後開始的啊！」允貞繼續抱怨。

「今天晚上，你回我家，先不要回你家，反正跟我住的朋友也有女生，我可以跟她借件衣服給你換洗。」有天直視著允貞說。

「幹嘛！你想做壞事喔？幹嘛去你家啦！」允貞噗哧笑了一聲。

「不是！你不知道她會做多少讓人無法理解的事情，基於保護起見，我真的覺得你今天先來我家住，不然你真的會有危險！」有天更認真說著。

允貞也被有天突如其來這麼認真、誠懇的態度嚇到，只好點點頭說：「好！我知道了，那今天就麻煩你囉！」

有天攙扶著允貞步出酒吧，回到有天的家中，有天事先跟兩位室友報備，也借了套休閒的衣服，讓允貞可以先換洗，順便讓酒醒一下！

「你竟然可以跟女生室友一起住？不會覺得很奇怪嗎？」允貞一邊拿浴巾擦頭髮，一邊說。

「不會啊！你不要看她們這樣，她們都是 T，都是我辦公室很好的戰友，我們什麼都不會發生啦！」有天看著手機，處理著明天開會的事情。

「可是，你不覺得她們給我的睡衣太……。」允貞一邊走到有天眼前。有天抬頭一看，發現室友根本就是在故意整他吧？

「她們怎麼拿小可愛和真理褲給你啊？」有天驚呼著。

「吼！不是你叫她們拿的嗎？故意拿這種休閒衣服給我穿？」允貞故意假裝生氣著。

「才沒有！我才不會做這種事情！你擔心的話，我今天可以去睡外面客廳沙發。」有天順便拿枕頭出去。

「不用啦！跟你開玩笑的，可能她看我這麼小隻，所以只有這些可以給我穿吧？哈哈哈！」允貞一邊把多了的枕頭疊好。

「好啦！那我先洗澡去，你累的話就先睡吧！」有天走出房間，準備洗澡去。

允貞自顧自躺到床上，想著睡前再滑個手機，無聊點開群組看看，發現又是不少的邵乃葳和王欣翰的親密合照，並且還留言著：

「可惜學長明天就要飛出去了，我的男人就要一去不回了……。」

底下繼續有人接話著：「不不不！你還有我！」

「衝啊！跟男人一起飛！」

「來！跟我一起飛！」

「乾！怎麼又是放閃照！」

「來！來跟我濕濕！」

　　允貞氣憤地關掉手機螢幕，不想再繼續看欣翰被纏著的照片，但剛好允貞酒的後勁湧上，開始覺得眼前模糊，有天剛好洗完澡走進房間，看著允貞怎麼臉上一陣青，一陣白的。

　　「你沒事吧？趕快睡啦你！」有天拿著毛巾擦著頭說。

　　「欣翰，你為什麼都不理我？」允貞一邊往前，一邊走向有天。

　　「你在夢遊嗎？說什麼夢話啦？你應該是真的醉了！」有天扶著快跌倒的允貞，允貞也順勢跌進有天的懷裡。

　　允貞把有天當成欣翰，開始對有天索吻，有天對突如其來的動作嚇傻，雖然心中有點傷心，畢竟眼前這欣賞的女人，是自己從大學就開始一直默默關心的人，好不容易走到她的身邊，卻是對自己這麼不上心？但允貞的攻勢，也讓有天快把持不住，即便推開很多次，允貞還是自顧自擁上去，並開始褪下有天下方的衣物。有天忍不妨也跟著吻下去，有天讓允貞慢慢倒在床上，繼續著他們未完的動作……。

　　滴滴～滴滴！允貞的鬧鈴聲在清早響起，睜開眼，允貞看了左邊、右邊，心裡想著：天啊！我昨天晚上到底在幹嘛？現在是幾點？我還來的及送機嗎？

　　「你醒啦？」有天翻過身看著允貞。

「呃，對……昨天……算了，我有急事要先走了！」允貞趕緊四處尋找自己的衣服。

「你的衣服在我桌上，我昨天幫你洗好晾乾了，走吧！你要去哪，我載你去！機場吧？」有天也坐起身，開始穿著衣服。

「你怎麼知道？」允貞滿臉黑人問號。

「你昨天晚上都一直叫他的名字，我還能不知道嗎？」有天摸摸允貞的頭，離開了房間去廁所洗漱。

允貞搭上有天的車直奔機場，允貞一下車就狂衝，希望還來的及說出想說的話。從機場一個個櫃台、階梯、電梯、機場內商店等，一家家地找還是不見欣翰的蹤跡。允貞走到最後要進海關的入口，終於發現欣翰，並大喊著：「王欣翰！你等一下！」

欣翰被突如其來的大叫感到莫名其妙，回頭一望，發現允貞就在後方，允貞趕緊衝到欣翰面前，一邊喘著，一邊說：「還好你還沒進海關，我有話對你說！」

欣翰被搞糊塗，還不知道怎麼一回事，拍拍允貞的背說著：「你要跟我說什麼啊？」

「我……我……我喜歡你！我想跟你在一起！」允貞終於鼓起勇氣說出塵封在心中已久的那句話！

「什麼？」欣翰這下子更傻了！

「我說我喜歡你啦！」允貞誤以為欣翰沒聽懂她的話。

這時旁邊排隊等著入境的人，大多紛紛轉頭盼著看欣翰會怎麼說。

「我……老實說，我不確定我這次出去還會不會回台灣，等我都安頓好，我們在思考這個問題好嗎？」欣翰擔心在這大眾場面直接拒絕允貞會有點難堪，只好先推拖著，雖然心中也是五味雜陳，感覺好像會想答應，又覺得不適合答應。

「那這樣……」允貞更傻了，不知道這樣是拒絕？還是答應？

「嗯，我先走了！我們再連絡！」欣翰拿著護照和機上行李，步進海關，允貞一直等到看不見欣翰的身影才轉身，而發現其實有天也在她的後面，等著她……。

第十一章　放手一搏

算一算，離欣翰出國的日子已經過一兩個月，雖然群組依然熱鬧，閨密依然幫她想著各種阻擋邵乃葳魔咒的方法，依然跟有天三不五時約吃飯，但允貞的心中，還是數著跟欣翰的點滴回憶。

突然某天訊息跳出一段讓允貞又陷入深淵的話：

「跟大家說！我要出國了！趁年假還沒休完，我要去找男人了！」

「這麼衝？要去哪？」

「對啊！我要去德國啊！」

「德國？那不是欣翰現在待的國家嗎？」

「對啊！」

「吼！你們真的沒有在交往嗎？」

「哈哈，沒有啦！只是學長跟學妹！」

「但我覺得好像不只學長跟學妹喔（貼圖）」

「哈哈哈！」

「……」

允貞覺得很掙扎，但又覺得自己不應該就只是這樣乾坐著等待，於是開啟閨密群組的對話框，留言著：

「ㄟ，那學妹要去德國了耶……」

「你說什麼？那臭三八要去找王欣翰？」閨密二號開始浮動。

「對啊！她剛剛在西斯群組留言，只是不知道什麼時候會過去？」允貞低落打著字。

「你不要再被他們影響了！不要再有期待了！」閨密三號冷靜地說。

「雖然一開始出國那幾天他都會傳照片和訊息給我，我們還是每天都有傳訊息，但後續他開始工作後，就開始拉長時間，兩天、三天甚至一個禮拜傳一次。」允貞繼續說。

「允貞，你想清楚！不要太衝動！雖然我們也是希望你可以追求你的真愛，但是你要確定你自己不會再受傷！我覺得有把握再去！」閨密一號說著。

「對啊！我希望你想清楚！」閨密三號搭腔。

「但是，我支持允貞為愛而衝！你們不覺得這樣很浪漫嗎？在國外相遇，然後互許終身……」閨密二號繼續發著花癡。

「你別鬧了！人家允貞……」閨密三號槍口對準閨密二號開始說著。

「好！我決定了！我也要來排假！」允貞下定決心要來衝一波。

「耶！允貞加油！」閨密二號繼續說著。

「你們都沒救了……」閨密三號對著手機搖頭。

允貞開始瘋狂地找適合的機票，打算也要給自己一次機會，試試看有沒有可能性，至少有努力過，不會讓自己後悔！

允貞開心傳給有天她也要出國的消息，有天心裡也是掙扎一番，不知道該鼓勵她去？還是跟她說實話？

「ㄟ，我跟你說，我決定要衝一下！」允貞開心打著字。

「你確定要去了？」有天還是試探著問。

「對啊！我決定了！就來個一翻兩瞪眼！有就有，沒有就算了！雖然我不確定當下會不會這麼灑脫，但我覺得我不去的話，我會後悔一輩子！」允貞認真地說。

「好吧！不要讓自己後悔就好！祝福你！」有天默默地打著字。

「謝啦！」允貞繼續搜尋著機票。

有天往後靠在椅背上，心裡也想著：好吧！就讓自己也放手一搏，雖然是祝福她，但內心也是有小小期待，她，能再回來……。

允貞幾天前，有留言給欣翰要到德國找他，但確切班機時間未告知欣翰，但允貞也沒想那麼多，也跟上腳步到德國找欣翰，打算給欣翰一個大驚喜！正當允貞折騰了將近一天的飛機，經過許多好心人的相助，找到欣翰的住所，按下了電鈴，等了一會兒，允貞心想：奇怪？這時候我記得他都在家啊？應該都已經下班，或是跟同事聚餐完，這個時間點，應該是已經到家

了？！不然我再等一下好了，可能年底最近比較忙，需要加班吧？先來跟大家報個平安！

「嗨～我平安到德國囉！」允貞以為傳到閨密群組，殊不知傳到了西斯群組。

「咦？允貞也到德國？不是那個誰也去嗎？」

「對啊！就王欣翰的學妹啊！」

「難道這是……（貼圖）？」

「剛剛不是乃葳才上傳他們在酒吧的照片？」

「而且好像有類似戒指的東西出現耶！」

「那兩個人也是黏緊緊的……想不到我們這邊又湊成一對了！」

「這下子尷尬了……」

「欣翰已羨慕……（貼圖）」

「確定他們都是在同一個地方嗎？」

「我沒記錯的話，都是在德國啊！」

「……」

允貞也傳訊息給有天和家人後，發現怎麼西斯群組一直在跳訊息？點開一看，她愣住了！人也跟著茫了……，心想：不會剛好邵乃葳比自己早一些時間到了吧？還在低頭看著西斯

群組的訊息，突然發現有四雙鞋出現在她的手機前方，允貞抬頭一看，看到欣翰和乃葳兩人牽著手，而乃葳的手上，也帶著戒指……。

第十二章　不打擾，是我的溫柔

「允貞……你……怎麼會在這裡？」欣翰有點訝異眼前出現的允貞。

允貞愣了幾秒，感覺自己臉上怎麼有冰涼的痕跡，才知道已經留下淚，趕緊擦乾淚水，回欣翰說：「我想說，剛好來德國可以順便找你，原來你學妹已經到了，那我就不當電燈泡了，你們慢慢玩，我先走了……。」才話一說出，允貞起身後，就跌坐在樓梯上，腳，也跟著扭傷了……。

「你這樣怎麼走？來，我扶你！小心，先到我家坐著，我幫你冰敷吧！」欣翰放開乃葳的手，趕緊去把允貞扶起來，有點歉疚的看著允貞。

「沒關係啦！小事！我可以！你這樣會被乃葳誤會啦！」允貞強忍著淚水說著。

「不會，你快進來吧！」乃葳裝作若無其事開門，心中是暗自竊喜，因為她知道，只要在上飛機前傳那些舊照片，允貞就一定會飛過來，即使已經沒有用手機 app 冰棒去追蹤，她還

是可以透過西斯群組追蹤允貞的一舉一動！她已經達成她想要的目的，接下來，就剩有天學長那邊了！

「你看，她沒說什麼，你就乖乖進來！」欣翰突然抱起允貞，熟悉的體溫又在湧進允貞的心，允貞不自覺靠在欣翰胸膛，回想起第一次見面的悸動……。

「乃葳，你幫我把允貞的行李拉進來吧！」欣翰進入屋門後，回頭跟乃葳提醒著。

欣翰小心翼翼地將允貞放在沙發上，自己走到冰箱，拿出冰敷袋，再輕輕地把允貞的右腳抬到自己的腿上，用毛巾包著冰敷袋輕摀著傷處。

「我……明天就會離開，你不用擔心！」允貞輕聲說。

「嗯，其實你可以多待幾天，德國其實不錯玩的，如果需要，我可以幫你找好住宿和旅遊點。」欣翰一邊說，一邊敷著。

「沒關係，我自己可以……。」允貞態度逐漸冷淡，但把握著最後可以近距離看著欣翰的機會，因為她知道，接下來，可能一輩子不會再相見了……。

隔天一早，無法闔上眼的允貞感覺自己的腳傷沒什麼大礙後，就把行李整理好，留下張紙條給欣翰，壓在她曾送給他的保溫杯下，雖然慶幸欣翰使用著她送的東西，但也只能剩下東

西陪著他，就當作另一種守護吧！允貞最後回頭一望，獨自跟自己和欣翰，說聲：再見！

　　允貞也無法再繼續待在德國，路邊隨手攔了一台計程車，就直驅機場，準備改機票飛回台灣。其實欣翰也是一夜沒睡，聽到疑似房門扣上的聲音，就趕緊衝出家門，但為時已晚，允貞已經搭上計程車走遠，徒留欣翰一人在路邊。欣翰惆悵地走回家裡，看到餐桌上壓著一張紙條，上面有著娟秀的一行字：不打擾，是我的溫柔。

　　回到台灣後，允貞一樣繼續忙碌著，也終於衝過論文口試，準備迎接畢業，閨密紛紛來為允貞慶祝，當然也少不了有天的祝福！

　　「ㄟ，你們真的沒什麼嗎？」閨密三號默默突然迸出一句。

　　「對啊！你們倆真的沒有在交往嗎？」閨密二號也豎起八卦天線，準備來質問一番。

　　「噗！我跟他？別想太多啦！」允貞不小心把口中的水噴出一些，有天趕緊一邊擦拭著允貞的嘴邊，也一邊笑笑地搖搖頭。

　　「吼！這樣好像偶像劇裡面的大仁哥喔！好浪漫喔！」閨密二號正要開始發起花癡訊號，閨密三號馬上領著閨密二號說：

「這邊沒有讓你發花癡的地方，我們去那邊幫允貞確認一下等等上台領獎的進度，不要打擾人家！」

「對，允貞，我先去占位子，等一下你領獎完才有位置坐，你們慢聊！」閨密一號也聽懂意思，趕緊先離開，讓有天有機會可以表白心意。

「ㄟ，你們！」允貞沒好氣地叫著閨密們。

「不好意思喔，她們這樣誤會，讓你很困擾吧？」允貞略帶抱歉說著。

「其實不會，允貞，其實我……」正當有天準備說出口，這時剛好乃葳出現，叫住有天：「有天學長！」

「乃葳？」允貞和有天異口同聲地說。

「怎麼啦？你們兩個幹嘛這麼驚訝？」乃葳小跑步的走過來。

允貞假裝撇過頭，眼睛斜視盯著乃葳手上還有沒有戒指。有天順勢問起乃葳：「你不是要準備請婚假？怎麼回國了？」

「沒有，學長，我其實……。」乃葳還未說出口，閨密三人幫似乎嗅到敵人殺氣，趕緊回到允貞身邊，作勢要保護允貞不要再被乃葳欺負。

「你這臭，不是，紹乃葳小姐，怎麼今天會來這邊？我記得我們已經把追蹤 app 已經消除才對啊？」閨密二號酸酸地說著。

「紹乃葳，不要以為允貞好欺負，你該拿到的東西已經拿到，就不要再來亂了，不然，不要怪我們對你不客氣！一切走法律途徑！走，我們走！」一行人就拉著允貞往頒獎等待區去，留下有天和乃葳兩人。

「我應該也跟你沒什麼好說的，我先去座位上坐了，你自己就看著辦吧！」有天自顧自走去休息區，留著乃葳在後面亦步亦趨跟著。

畢業典禮頒獎儀式終於開始，閨密紛紛在等待區幫忙允貞整理著畢業帽和畢業服，閨密二號望去休息區，諷刺地說著：

「你們看！乃葳還是厚臉皮坐在有天的旁邊，都已經是有夫之婦，還這樣勾勾迪（台語）。」

「別說了，現在都不要再去影響允貞的心情，等等允貞還要上台發表畢業生的演講，允貞，稿子都背熟了吧？」閨密一號幫允貞拿著稿子說著。

「應該是沒問題！我好緊張喔！好怕自己說錯話⋯⋯。」允貞來回踱步著。

　　「你可是我們的劉允貞耶！怕什麼，我們給你靠！」閨蜜三號拍拍允貞的肩膀。接著，司儀唱名劉允貞的名字，允貞也在閨密打氣下，趕緊上台。

　　有天看到允貞上台，也站起身趕緊拿出手機拍照，乃葳看到有天這樣的舉動，很不是滋味地說：

　　「學長，你不會還在喜歡著劉允貞吧？」

　　「是，我是喜歡她，但你可以放過她了嗎？」有天無視著乃葳說。

　　「學長，那你也可以放過我了嗎？」乃葳哀求地說著。

　　有天聽到後，默默地坐下，淡淡地說：「你發現了？」

　　乃葳輕聲說：「對，其實我去德國後，還是繼續每天點開你的 IG，看著你分享著跟她的一切，老實說，我真的很在意！」

　　有天繼續說著：「那你終於知道其他被你影響的女生的感受了吧？」

　　乃葳無辜地說：「我追求我所愛的人，有什麼不對？」

　　有天感嘆地說：「沒錯，你可以追求你所愛的，但你的方法不對，你自己也知道從大學到現在，你做過多少過分的事情？」

　　乃葳頓時啞口無言，有天繼續接著說：「我知道你的心意，我也拒絕過你很多次，也希望你去找適合你的人，但是，我希

望你不是去找那些有女友的人，或是我身邊的好朋友，因為這只會讓我更難堪，更無法接受你而已⋯⋯。」

乃葳脹紅了臉，馬上回嘴說：「那你呢？你明明喜歡劉允貞，為什麼不跟她說？你這樣也只是膽小罷了！」

「對，我是沒跟她說，但我希望可以用守護的方式，以朋友的身分陪伴她，因為我知道她心中沒有我，但我願意這樣待在她的身邊就足夠，因為，不打擾，是我的溫柔⋯⋯。」有天眼中閃著淚光，剛好允貞也發表完畢業演講，整個禮堂賞聲四起，轟聲雷動！

乃葳想起在德國的那天早上，欣翰看著那張紙條的表情，也是讓她重新思考是否要結束跟欣翰結婚的這場鬧劇，而現在又在有天臉上出現類似的眼神，乃葳心想：對，我輸了⋯⋯徹徹底底的輸⋯⋯，劉允貞，你贏了兩個男人，因為你不打擾的溫柔⋯⋯。

-完-

國家圖書館出版品預行編目資料

意外的緣／明士心、六色羽、宛若花開　著.—初版.—
臺中市：天空數位圖書　2020.06
　面：公分
　ISBN：978-957-9119-79-5（平裝）

863.57　　　　　　　　　　　　　　109009446

書　　　　名：意外的緣
發　行　人：蔡秀美
出　版　者：天空數位圖書有限公司
作　　　者：明士心、六色羽、宛若花開
編　　　審：亦臻有限公司
製　作　公　司：龍騰有限公司
出　品　公　司：傑拉德有限公司
版　面　編　輯：採編組
美　工　設　計：設計組
出　版　日　期：2020 年 06 月（初版）
銀　行　名　稱：合作金庫銀行南台中分行
銀　行　帳　戶：天空數位圖書有限公司
銀　行　帳　號：006-1070717811498
郵　政　帳　戶：天空數位圖書有限公司
劃　撥　帳　號：22670142
定　　　價：新台幣 240 元整
電子書發明專利第　I　306564 號
※　如有缺頁、破損等請寄回更換

紙本書編輯印刷：
電子書編輯製作：
天空數位圖書公司 E-mail：familysky@familysky.com.tw　http://www.familysky.com.tw/
地址：40255台中市南區忠明南路787號30F國王大樓　Tel：04-22623893　Fax：04-22623863